KB271021

서정적 풍경, 보나르 풍의 그림에 담긴

서정적 풍경,
보나르 풍의 그림에 담긴

| 복거일 |

북마크

서정적 풍경,

보나르 풍의 그림에 담긴

2009년 3월 20일 초판 1쇄
2009년 4월 20일 초판 2쇄

지은이 복거일
그   림 조이스 진
펴낸이 정기국
펴낸곳 북마크

출판등록 제303-2005-34호(2005.8.30)
주소 서울특별시 성동구 행당1동 128-301 2층 1호
전화 02-325-3691   팩스 02-335-3691
이메일 chung84@empal.com

ISBN 978-89-92404-29-7 (03810)

시는 강력한 느낌들의 자발적 흘러넘침이다; 그것은

차분함 속에서 회상된 감정을 연원으로 삼는다.

윌리엄 워즈워스: 〈서정 시집〉에서

Poetry is the spontaneous overflow of powerful feelings: it

takes its origin from emotion recollected in tranquility.

Whilliam Wordsworth: 〈lyrical Ballads〉

수필과 시는 대조적이다. 수필은 느슨하고 가볍고 한눈을 판다. 시는 팽팽하고 심각하고 엄격한 아름다움을 추구한다. 수필은 일화적逸話的이고 시는 보편적이다. 그래서 수필에서 핵심적 전언을 시구로 요약하면, 문득 글에 질서가 배어나온다.

여기 실린 글에선, 그런 수준을 넘어, 독자들이 수필을 읽으면서 자연스럽게 시를 음미할 기회가 나오도록 마음을 썼다. 우리 일상에서 시가 점점 변두리로 밀려나는 추세는 안타깝지만, 시와 산문 사이의 거리가 멀어지는 현상도 아쉽다. 글에 서정시들이 들어가면서, '서정적 풍경'이라는 제목은 자연스럽게 나왔다.

글만으로는 좀 밋밋할 듯해서, 딸아이에게 삽화를 부탁했다. 색연필 화를 예상했는데, 녀석은 피에르 보나르Pierre Bonnard의 분위기가 어린 유화들을 내놓았고, 그래서 책의 무게 중심이 그림 쪽으로 많이 쏠렸다. '보나르 풍의 그림에 담긴'이 덧붙여진 사연이다.

보나르는 현실이 아니라 기억을 그렸고, 그에게 작품은 추억을 넘어 명상이었다 한다. 수필에서 가벼운 얘기를 듣고 시에서 그 얘기의 보편성을 느끼고 그림에 명상의 눈길이 머문 독자가 더러 있다면, 나로선 큰 행운일 터이다.

2009년 봄
복거일

● 차 례

| 책 머리에 | 6

열린 길의 노래　　　　　　　　　　　13

수국꽃 너머로 보이는 세상　　　　　　　　　19

눈에 마법을 띠고　　　　　　　　　　　25

목 놓아 울어나 보렴 오랑캐꽃　　　　　　　　35

송화 가루 날리는 철에　　　　　　　　　39

새로운 뜻으로 되살아나는 "아아, 잊으랴"　　　　　47

사과밭 나무 밑에 절로 난 오솔길은　　　　　　54

날리는 아까시 잎새들을 보며　　　　　　　　60

삶을 견딜 만하게 만드는 것　　　　　　　67

증오의 시절에 읽는 담백한 시들　　　　　　　72

반구제기反求諸己　　　　　　　　　　78

파릇함은 어째서 오래가지 못하나　　　　　　　84

인생은 살기 어렵다는데　　　　　　　92

연꽃 만나고 가는 바람같이　　　　　　　　98

내가 부모가 되어서 알아보랴　　　　　　105

추억 속의 고개　　　　　　　　　　　111

처서 가까운 새벽에　　　　　　　117

공산 빈깍지 그 희멀건 공백에는　122

원수대元帥臺 앞엔 바다가 하늘과 닿았느니　128

누구를 위하여 종은 울리나　135

온 길이 천리나 갈 길은 만리다　142

바다가 보이는 언덕　151

가도 가도 왕십리 비가 오네　158

흐르는 세월 속의 이산가족　164

세상이 바뀐 뒤 돌아다보면　168

하산을 위한 준비　174

품위를 지니고 마감하는 삶　181

예술로서의 직업　187

화폭 속의 봄날 : 목월의 〈산도화〉 시편　193

새해에 불러들이고 싶은 것들　200

서정적 풍경, 보나르 풍의 그림에 담긴

열린 길의 노래

대한 지난 지 며칠 되지 않았고 입춘은 아직 먼데, 날씨는 봄날이다. 햇살 포근하고 먼 산엔 내가 낀다. 그런 풍경을 내다보노라면, 문득 일어나 훌쩍 떠나고 싶은 충동이 거세게 인다. 글 빚에 눌려 주말 여행도 엄두를 못 내는 처지이지만, 마음은 늘 찾을 만한 곳들을 꼽는다.

일어나 가벼운 가슴으로 나는 열린 길을 걷네,
건강하고, 자유롭고, 세상은 내 앞에 있고,
내 앞의 긴 갈색 길은 내가 고르는 곳으로 뻗고.

이제부터 나는 행운을 요구하지 않으리, 나 자신이 행운이므로,
이제부터 나는 훌쩍거리지도 미루지도 무엇을 필요로 하지도 않

으리,
집 안에서 하는 불평도, 책들도, 짜증스러운 비판도 끝냈네,
강하고 만족스럽게 나는 열린 길을 가네.

Afoot and light-hearted I take to the open road,
Healthy, free, the world before me,
The long brown path before me leading wherever I choose.

Henceforth I ask not good-fortune, I myself am good fortune,
Henceforth I whimper no more, postpone no more, need nothing,
Done with indoor complaints, libraries, querulous criticisms,
Strong and content I travel the open road.

휘트먼Walt Whitman 〈열린 길의 노래Song of the Open Road〉의 힘찬 첫 구절이 입에서 나온다. 길을 떠나는 일은 늘 시적이다.

그러나 막상 길을 나서려면, 우리는 갈 곳이 마땅치 않다는 산문적 사실에 부딪친다. 좁은 땅에 사람들이 많다 보니, 어지간한 곳이면, 사람 구경으로 끝나게 마련이다.

며칠 전에 보도된 화천의 '산천어 축제'는 그 점을 새삼 일깨워주었다. 사람들이 많이 찾고 즐거운 한때를 보냈으니, 작은 지방자치단체

가 꾸민 행사로는 큰 성공을 거두었다. 그러나 몇천 명을 예상했던 축제에 몇만 명이 몰려들어서, 산천어보다 사람이 더 많다는 얘기가 나올 만했다. 주차장과 화장실이 부족해서, 찾은 이들이 어려움을 겪는 모습들이 텔레비전에 비쳤다. 사람들은 많은데, 가볼 만한 곳들은 드물고, 시설은 우리 삶의 수준을 따라가지 못한다.

이것은 정부가 '토요일 휴무'를 강제했을 때 예견된 상황이다. 갑자기 늘어난 주말의 여가를 제대로 쓸 사회적 준비는 전혀 하지 않은 채, 손쉽게 업적을 남기려는 계산만을 앞세웠으니, 사회적 혼란이 큰 것은 당연하다.

"집 나서면 고생"이란 옛말대로, 여행이나 관광엔 어쩔 수 없이 불편이 따른다. 그러나 지금 우리 관광객들이 겪는 큰 불편과 허비의 상당 부분은 그리 어렵지 않게 없앨 수 있다. 그렇게 하는 첫걸음은 그런 불편과 허비가 개인적으로나 사회적으로나 결코 작은 문제가 아니라는 인식이 먼저 시민들 사이에 널리 퍼져야 한다.

그리고 그런 인식이 자리잡으려면, 우리 시민들이 관광의 근본적 중요성을 제대로 인식해야 한다. 생활수준이 높아지면, 관광의 중요성은 빠르게 커진다. 삶을 즐기는 데서 관광은 점점 큰 몫을 차지하게 된다. 흔히 애기되는 '문화 체험'은 실제로는 관광을, 특히 국외 관광을, 통해서 얻어진다. 이제 우리 사회에서도 관광은 사치가 아니다.

관광은 산업적으로도 무척 중요하고 점점 더 중요해질 것이다. 이 점은 국제 관광에서 잘 드러난다. 지금 해마다 7억 명 이상이 국제 관광에 나서서 거의 6000억 달러를 쓴다. 그냥 물자들만 오가는 것이 아니므로, 무형의 이득과 파급 효과는 당연히 크다.

우리나라로 들어오는 외국인 관광객들은 겨우 600만 명 남짓하다. 국제 관광객들이 많은 일본과 중국을 이웃으로 둔 나라치고는, 성적이 너무 초라하다. 그러다 보니, 관광 수지는 늘 적자고 적자 폭은 빠르게 커진다. 2002년의 관광 수지는 32억 달러 적자였는데, 2005년엔 63억 달러로 적자가 크게 늘어났다. 따라서 관광 산업을 발전시키는 일은 경제적으로도 시급하다.

관광 수지나 서비스 교역 수지가 적자라는 얘기가 나오면, 해외로 나가는 우리 시민들을 은근히 나무라는 얘기들이 으레 나온다. 이것은 본질적으로 시민들이 자기 재산을 쓰는 일에 제약을 두려는 태도로서 자유주의에 대한 근본적 위협이 된다. 게다가 그런 태도는 국제 교류와 교역의 중요성을 잊은 채 그저 우리의 지출을 줄여서 적자를 줄이겠다는 패배주의적 처방이다. 올바른 태도는 우리 서비스 부문의 발전을 통해서 균형을 찾겠다는 자세다.

이런 사정이 쉽게 바뀌기를 기대하기는 어렵다. 그래서 훌쩍 떠나고 싶은데 가까운 데엔 갈 만한 곳이 드물다는 곤혹스러움을 우리는 늘 맛볼 것이다.

그래도 우리는 떠날 것이다, 혹시나 하는 희망에서, 무조건 가자고 떼를 쓰는 아이들에게 밀려. 볼 것이 마땅치 않으면, 사람 구경이라도 하려고. 하기야 세르반테스의 얘기대로, "길은 늘 주막보다 낫다."

나는 공간을 크게 들이 마신다,
동쪽과 서쪽은 내 것이고, 북쪽과 남쪽도 내 것이다.

나는 내가 생각했던 것보다 더 크고 더 낫다,
내가 그렇게 많은 선을 지녔는지 나는 몰랐다.

I inhale great draughts of space,

The east and the west are mine, and the north and the south are

mine.

I am larger, better than I thought,

I did not know I held so much goodness.

수국꽃 너머로 보이는 세상

장마 속에서도 수국꽃은 자태를 흐트리지 않는다. 아파트 현관 옆 좁은 화단에 혼자 피었어도, 수수한 아름다움을 지녀서 외롭게 보이지 않는다. 나는 늘 그 수수함에 마음이 끌린다. 어릴 적 이웃의 먼 친척 누님이 마당 가에 가꾸던 꽃이라, 그녀의 수수한 얼굴이 꽃 위에 겹친다.

옅은 하늘빛 꽃 너머로 사라진 세월이 언뜻 보인다. 비참한 전쟁이 아직 한창이던 시절, 수국꽃 다발을 들고 산길 십 리를 걸어와 꽃병에 꽂던 여학생이 있었다. 그녀는 지금 어디서 어떤 모습으로 늙고 있을까?

우물가에서도 그는 말이 적었다.

아라사俄羅斯 어디메로 갔다는 소문을 들은 채

올해도 수수밭 깜부기가 패어버렸다.

샛노란 강냉이를 보고 목이 메일 제

울안의 박꽃도 번잡한 웃음을 삼갔다.

수국꽃이 향그럽던 저녁 –

처녀處女는 별처럼 머언 이야기를 삼켰더란다.

　　노천명盧天命의 〈옥수수玉蜀黍〉에 담긴 풍경은 1930년대 초엽의 조선 시골이다. 요즈음 사무실에서 일하는 사람들이 복도의 자동판매기 앞에 모이듯, 당시 여인들은 우물가에 모였다. 어느 아낙이나 하루에 두세 번은 찾게 마련인 우물가는 마을의 정보 허브hub였고, 거기서 소문들이 생산되고 퍼졌다. 궁핍을 견디지 못한 사람들이 보다 나은 삶을 찾아서 소련의 연해주로 떠나던 시절, 평화스러운 풍경으로 살짝 덮인 가난이 가슴에 아릿하게 닿는다.

　　이제 보리나 밀을 많이 심지 않아서, 깜부기도 보기 힘들다. 박꽃도 보기 힘들다. 더러 휴게소나 유원지에서 관상용으로 심기도 하지만, 실제로 바가지나 뒤웅박을 만들려고 심었던 것과는 어쩐지 느낌이 다르다. 박을 쪄서 파먹던 박속의 허름한 맛도 이제 기억이 흐릿하다. 하기야 나이 든 사람들에겐 박꽃은 헛간이나 뒷간의 허름한 지붕 위에서 피어야 제 모습일 터이다.

우리가 어릴 적에 살았던 그 세상은 이제 사라져버렸고 오직 우리 기억 속에만 남아있다. 그 기억이 우리의 심적 자산이다. 그 기억이 우리에게 얼마나 소중한지는, 그것을 기억하지 못하는 자신의 모습을 그려보면, 이내 깨닫게 된다.

그렇게 사라진 세상과 그 세상에서 살았던 자신의 모습을 되돌아보면서, 사람은 자신의 삶을 마음속에서 되살아보고 그 의미와 가치를 성찰한다. 그렇게 성찰하면서, 사람은 원숙해진다. 젊은이도 노인도 마찬가지다. 그저 성찰할 경험이 많고 적을 따름이다.

아쉽게도, 요즈음 세태는 그렇게 철학적 성찰을 할 여유를 우리에게 좀처럼 주지 않는다. 걱정하고 분노하고 비판할 것들이 이미 너무 많은데 하루가 멀다고 새로 더해져서, 누구도 차분하게 성찰할 여유를 지니기 어렵다. 아쉽다. 자신이 살아온 세상과 삶을 제대로 성찰하지 못하는 것은 어쩔 수 없이 삶을 줄이고 척박하게 한다.

천명이 살았던 시절은 참으로 어려운 시절이었다. 그녀는 1912년 황해도 장연長淵에서 태어나 1957년에 쓸쓸하게 뇌빈혈로 죽었다. 그녀가 시를 썼던 시기는 일본의 식민 통치가 중일전쟁과 태평양전쟁으로 점점 혹독해지던 시절이었다. 6.25 전쟁에서 그녀는 부역했고 그 일로 큰 시련을 겪었다. 그런 경험은 후기 작품들에 짙은 그늘을 드리웠다.

어느 조그만 산골로 들어가

나는 이름 없는 여인이 되고 싶소.

초가 지붕에 박넝쿨 올리고

삼밭엔 오이랑 호박을 놓고

들장미로 울타리를 엮어

마당엔 하늘을 욕심껏 들여놓고

밤이면 실컷 별을 안고

부엉이가 우는 밤도 내사 외롭지 않겠오.

기차가 지나가 버리는 마을

놋양푼의 수수엿을 녹여 먹으며

내 좋은 사람과 밤이 늦도록

여우 나는 산골 얘기를 하면

삽살개는 달을 짖고

나는 여왕보다 더 행복하겠오.

〈이름 없는 여인이 되어〉엔 어지러운 세상에서 떠나고 싶은 마음이 간절하다. 그러나, 생각해보면, 그런 소망은 이루어지기 어렵다. 마음만 먹으면 쉽게 "이름 없는 여인"이 될 수 있는 세상은 그렇게 어지러운 세상이 아닐 것이다. "이름 없는 사람"이 되어 세상으로부터 숨을 곳은 궁극적으로 자신의 마음뿐이다.

천명을 옥에서 구해낸 동료 시인 김광섭金珖燮의 〈심부름 가는…〉은
우리가 잘 알지만 흔히 잊고 사는 이 사실을 일깨워준다.

옆을 서로 스치면서

인사 한마디 없이 가는

고향과 고향 사이의 고독한 섬길에서

오늘보다 나은 것을 찾는 한 벌의 허전한 옷

누구도 건드리지 못한 지고한 하늘의 전통 밑에서

나는 어데로 심부름 가는 무슨 물체일까

눈에 마법을 띠고

요즈음 문학에서 사랑이 사라졌다는 기사가 신문에 크게 실렸다. 주목 받는 젊은 작가들의 작품집들에서 사랑을 다룬 작품이 전혀 보이지 않는다는 얘기다. 문학의 주제들 가운데 가장 중요한 것이 사랑이니, 기삿거리가 될 만하다.

그렇게 사랑을 다루지 않는 것이 뚜렷한 추세일 수도 있고 그저 우연일 수도 있다. 확실한 것은 사랑을 다룬 문학작품들이 결코 줄어들지 않으리라는 점이다. 사라질 가능성으로 따진다면, 문학이 사라질 가능성이 사랑이 사라질 가능성보다 몇천 배 클 터이다.

사랑은 우리가 외면하기엔 너무 강렬한 감정이다. 사랑은 동물적

성욕과 변별되지만, 그것은 궁극적으로 생식과 관련된 감정이다. 그것은 남녀가 만나 가정을 이루고 자식들을 낳아 기르는 아주 힘든 과업을 잘 수행하도록 돕는 심리적 장치다. 그것은 아무리 줄잡아도 여러 만년 동안 어쩌면 몇십 억 년 동안에 진화해온 감정이어서, 우리가 예측할 수 있는 미래엔 바뀌거나 줄어들 가능성이 없는 우리 마음의 한 부분이다.

그래서 사랑을 노래한 시들이 많을 뿐 아니라 늘 애송된다. 원래 시는 소리 내어 읊어야 제 맛이 나지만, 사랑을 노래한 시들은 특히 그렇다.

백 마일 밖 라이어네스로
내가 떠났을 때
나뭇가지들엔 서리 내렸고
별빛이 내 호젓함을 비췄지
백 마일 밖 라이어네스로
내가 떠났을 때.

라이어네스에 내가 머물 때
거기서 무슨 일이 생길지
어떤 예언자도 감히 말 못했지
가장 현명한 마법사도 짐작 못했지

라이어네스에 내가 머물 때

거기서 무슨 일이 생길지.

내가 라이어네스에서 돌아왔을 때

눈에 마법을 띠고 돌아왔을 때

모두 말 없는 짐작으로 눈여겨보았지

나의 드물고 깊이 모를 밝음을

내가 라이어네스에서 돌아왔을 때

눈에 마법을 띠고 돌아왔을 때!

When I set out for Lyonnesse,

A hundred miles away,

The rime was on the spray,

And starlight lit my lonesomeness

When I set out for Lyonnesse

A hundred miles away.

What would bechance at Lyonnesse

While I should sojourn there

No prophet durst declare,

Nor did the wisest wizard guess

What would bechance at Lyonnesse

While I should sojourn there.

When I came back from Lyonnesse

With magic in my eyes,

All marked with mute surmise

My radiance rare and fathomless,

When I came back from Lyonnesse

With magic in my eyes!

토머스 하디Thomas Hardy의 〈내가 라이어네스로 떠났을 때When I Set Out for Lyonnesse〉는 밝고 맑고 달콤하다. 실제로 이 작품은 하디의 많은 시들 가운데 "가장 달콤한sweetest" 시로 일컬어진다. 사랑을 찾은 젊은 이의 달뜬 마음을 이처럼 잘 그린 시들은 많지 않다.

〈내가 라이어네스로 떠났을 때〉는 1870년에 씌어졌는데, 그 해 3월에 하디는 어느 오래된 교회의 수리를 위해 콘월Cornwall을 방문했다. 시 속의 '라이어네스Lyonnesse'는 아서 왕 전설에 나오는 기사 트리스트램Tristram이 태어난 콘월의 전설적 지방으로 지금은 바닷속으로 가라앉았다고 전해온다. 전설 속에서 마법과 마법사들과 연관이 깊은 데다가, 트리스트램과 이슐트Iseult 사이의 비련悲戀의 전설이 어려, '라이어네스'라는 말엔 큰 상징적 울림이 있다.

원래 직업이 교회 수리공이었던 하디는 콘월에 머무는 동안 에머 기퍼드Emma Gifford와 만나 사랑하게 되었다. 처음엔 경제적 이유로 결혼이 어려웠지만, 하디가 소설가로서의 명성이 높아지자, 그들은 자신을 얻어 세 해 뒤에 결혼했다.

사랑은 늘 애틋하다. 옆에서 보기엔 심상한 사랑도 당사자들에겐 더할 나위 없이 애틋하다.

수꾸기 소리 따라 감꽃은
하나 둘 피어났는가?

다시는 오지 못할 푸르름 밑에
하마터면 뜨지 못할 나의 눈빛이

진정 새로운 뜻으로만 피어났는가?

의좋은 어느 집
어린 형제와 같이
돌담 위에 서로의
손짓이 보일 듯

어제 밤 너와 나와의

아쉽던 가슴 위엔
저기 저 감꽃이
수꾸기 소리 따라 피어났는가?

이철균李轍均의 〈감꽃〉을 낭송하면, 거기 담긴 사랑의 애틋함으로 가슴에 파아란 물살이 인다.

서로 끌리는 마음이 사랑으로 활짝 펴서 열매를 맺는 일은 힘든 과정이다. 그래서 사랑의 기쁨을 노래한 시들보다는 사랑의 슬픔을 노래한 시들이 비교가 되지 않을 만큼 많다.

꿈 끊어지고 향내 스러진 지 마흔 해
심씨 정원의 버들도 늙어 솜털을 아니 날린다.
이 몸은 곧 회계산會稽山의 흙이 되겠지만
그래도 남은 자취 슬퍼 눈물 한 줄기 흐른다.

夢斷香消四十年
沈園柳老不吹綿
此身行作稽山土
猶弔遺踪一汍然

12세기 송宋의 시인 육유陸游의 〈심씨의 정원沈園〉은 사랑하는 사람과 헤어진 아픔을 담았다.

　육유는 시에 대한 진지한 자세와 우국충정으로 후세의 추앙을 받은 위대한 시인이다. 우리나라에서도 육유에 대한 추앙은 대단해서, 문예 부흥에 진력한 정조正祖는 육유를 통해서 두보杜甫로 들어가자는 '유육입두由陸入杜'를 주장했다.

　이 시의 사연은 참으로 애닲다. 육유는 스무 살경에 당완唐琬과 혼인했다. 부부는 금슬이 좋았지만, 시어머니와 며느리 사이가 좋지 않아서, 그들은 곧 헤어졌고, 둘 다 재혼했다.
　한 십 년 뒤에 육유가 '심원'에 놀러 갔다가 전처 당씨 부부를 만났다. 당씨는 새 남편에게 사정을 얘기하고서 사람을 시켜 주효를 보내왔다. 안타깝게도, 당씨는 곧 세상을 떠났고, 육유는 그녀를 평생 그리워하며 살았다. 75세가 되어 다시 '심원'을 찾은 육유는 당씨를 그리워하는 마음을 두 편의 〈심씨의 정원〉에 담았다. 위의 시는 둘째 수다.

　사랑이 원래 가정을 이루고 자식을 낳아 기르는 데 이바지하도록 진화된 감정이어서, 시간이 지나면, 차츰 식는다. 심리학자들은 사랑이 대개 두 해 반에서 세 해 동안 간다고 말한다. 그 기간이면, 여자 혼자 아이를 돌볼 수 있게 되어, 남편의 도움이 지닌 중요성이 많이 줄어든다. 진화는 무척 타산적이다.

그렇게 사랑이 식으면, 부부는 '동반자companion의 정'에 의지해야 한다. 사랑이 아직 식지 않았을 때 동반자의 정을 가꾸지 못하면, 부부는 멀어지게 된다.

하디는 뒷날 부인과 사이가 멀어졌다. 부인이 죽을 때 하디를 보기 거부했을 정도였다. 부인이 갑자기 죽자, 회한에 사무쳐, 그는 그녀를 회상하는 시들을 여러 편 썼다. 읽는 이의 가슴을 저릿하게 하는 그 시들을 읽으면, 내 마음엔 늘 어리석은 물음 하나가 맴돈다: 이처럼 아름다운 시들을 낳았다면, 시인의 아픔은 정당화될 수 있을까?

목 놓아 울어나 보렴 **오랑캐꽃**

길섶에 많이 피어 눈을 즐겁게 했던 제비꽃이 어느새 거의 다 이울었다. 이운 제비꽃을 들여다보면, 꽃말이 '겸양謙讓'이라는 작고 고운 꽃이 오랑캐꽃으로 불리기도 한다는 것이 생각난다. 어릴 적에 처음 들은 이름은 앉은뱅이꽃이었다.

이용악李庸岳은 그의 대표작 〈오랑캐꽃〉의 제사題辭에서 이렇게 썼다: "긴 세월을 오랑캐와의 싸움에 살았다는 우리의 머언 조상들이 너를 불러 '오랑캐꽃'이라 했으니 어찌 보면 너의 뒷모양이 머리태를 드리인 오랑캐의 뒷머리와도 같은 까닭이라 전한다."

아낙도 우두머리도 돌볼 새 없이 갔단다

도래샘도 띳집도 버리고 강 건너로 쫓겨갔단다

고려 장군님 무지무지 쳐들어와

오랑캐는 가랑잎처럼 굴러갔단다

구름이 모여 골짝 골짝을 구름이 흘러

백 년이 몇백 년이 뒤를 이어 흘러갔나

너는 오랑캐의 피 한 방울을 받지 않았건만

오랑캐꽃

너는 돌가마도 털메투리도 모르는 오랑캐꽃

두 팔로 햇빛을 막아줄께

울어보렴 목놓아 울어나 보렴 오랑캐꽃

지금 북한 주민들은 우리 선조들이 오랑캐라 불렀던 여진女眞의 땅 만주로 탈출하고 있다. 그들은 거기서 온갖 고생을 겪는다. 심지어 성 노예가 된 여인들도 많다고 한다. 이운 오랑캐꽃을 보면, 그 어울리지 않는 이름에 이제 또 다른 뜻이 담긴다는 생각이 가슴을 막막하게 한다.

이용악은 1914년 함경북도 경성에서 태어났다. 일본 상지대학上智大學을 나왔고 이후 사회주의를 신봉했다. 해방 뒤에는 '조선문학가동맹' 회원으로 사회주의 문학 이념을 따른 작품들을 썼다. 서대문형무소에

수감되었다가 6.25 전쟁 때 풀려나서 월북했다.

만약 지금 살아서 북한 여인들이 오랑캐 땅에서 성노예가 되는 광경을 본다면, 그는 무슨 생각을 할까? 무슨 시를 쓸까?

울적한 마음을 풀려고 나선 산책길에서 만난 오랑캐꽃을 들여다본다. 내력이 어떻든 지금 두만강 너머에서 벌어지는 일이 어떻든, 오랑캐꽃은 역시 어울리지 않는 이름이다, 작고 고운 꽃에겐.

두 팔로 햇빛을 막아줄께
울어보렴 목놓아 울어나 보렴 오랑캐꽃

송화 가루 날리는 철에

보얗게 부풀었던 소나무 꽃이삭들에서 송화 가루가 날린다. 마루를
훔치던 안식구가 보여준 걸레가 노랗다. 송화 가루가 날리면, 어릴 적
그리도 맛있던 송화 다식이 먼저 생각나고, "송화 가루 날리는 외딴 봉
오리…"하고 목월木月의 〈윤사월閏四月〉 첫 구절이 절로 나온다.

송화松花 가루 날리는
외딴 봉오리

윤사월 해 길다
꾀꼬리 울면

산직이 외딴 집
눈 먼 처녀사
문설주에 귀 대이고
엿듣고 있다.

이 시가 수록된 《청록집靑鹿集》이 다음 달이면 회갑이다. 우리 문학사에서 중요한 자리를 차지하는 시집이 회갑을 맞는데, 별다른 행사가 없다고 탄식하는 소리가 곳곳에서 나온다. 실제로 탄식만 요란하지, 《청록집》을 기리는 움직임은 눈에 잘 뜨이지 않는다.

그런 까닭은 우리 문단의 주류가 사회주의 문학을 지향한다는 사실이다. 사회주의의 공식 문학 이론인 '사회주의 리얼리즘'이라는 말이 잘 드러내듯, 사회주의 문학 이론을 따르는 사람들은 문학이 사회주의에 봉사해야 한다고 주장한다. 《청록집》에 실린 시들은 그런 문학과 가장 거리가 먼 문학이다. 문단이 외면하는 것이 이상하지 않다.

머언 산 청운사靑雲寺
낡은 기와집

산山은 자하산紫霞山
봄눈 녹으면

느릅나무
속ㅅ잎 피어가는 열두구비를

청靑노루
맑은 눈에
도는
구름

목월이 애착을 보인 이 〈청靑노루〉의 정경도 정서도 사회주의 리얼리즘과는 거리가 멀다. 아마도 가장 멀 것이다. 그래서 '청록파'로 불린 박목월, 조지훈, 박두진 세 시인들은 해방 뒤 문단에서 좌파 문인들로부터 호된 공격을 받았다. 한가하게 '음풍농월'이나 한다는 얘기였다.

반세기 넘게 지난 지금, 사회주의 리얼리즘에 입각해서 제작된 그 많은 시들 가운데 기억되는 것들은 거의 없다. 80년대와 90년대에 '다식판에 찍어내듯' 나온 그 많은 사회주의 시들이 이제 대부분 잊혔듯이.

그런 사정은, 생각해보면, 이상하지 않다. 사회주의 리얼리즘처럼 문학이, 나아가서 예술이, 무엇에 봉사해야 한다는 주장은 문학과 예술이 그런 봉사를 하는 한 가치가 있다고 여기는 태도고, 그런 태도는 본질적으로 문학과 예술을 경멸하는 것이다. 예술을 경멸하는 태도에서 좋은 시들이, 위대한 시들은 그만두고라도, 나올 수 있을까?

《청록집》에 실린 시들은 여전히 사람들에게서 사랑받는다. 이름에 값하는 시인들을 이보다 더 즐겁게 하는 일이 어디 있을까?

목어木魚를 두드리다
조름에 겨워

고오운 상좌 아이도
잠이 들었다.

부처님은 말이 없이
웃으시는데

서역西域 만리萬里ㅅ길

눈 부신 노을 아래
모란이 진다.

예순 해가 지났어도, 지훈의 〈고사古寺 1〉은 여전히 눈부시다. 세월에 바래지 않은 이 시의 비밀은 무엇일까?

노닥노닥 기워진
흰 조고리 당홍 치마

맨발 벗고 따라 오던 망내 딸년도
오리목木 늘어선 산ㅅ골에다 묻고 왔노라.

솔나무 잣나무 우거진 높은 고개
아스라히 휘도는 길 해가 저물어
사늘한 바람결에 흰 수염을 날리며
서러운 나그네가 홀로가느니.

〈율객律客〉이라는 제목이 가리키듯, 이 구절은 해금奚琴 하나를 품고 떠도는 가객을 그렸다. 그렇게 고달픈 삶을 살아야 했던 가객은 예전에 사라졌지만, 지훈의 시에 어린 정경은 여전히 우리 가슴에 깊이 닿는다. "맨발 벗고 따라오던 망내 딸년도"라는 구절을 읊으며 눈가가 아려오지 않을 애비가 이 세상 어디에 있을까?

바로 거기에 《청록집》에 실린 시들의 비밀이 있을 것이다. 그 시들이 다룬 것은 사회주의 리얼리즘이 다룬 것들보다 훨씬 깊은 곳에 있는 무엇이다. 그것이 낯선 땅에 자식을 묻고 온 슬픔이든, 옛 여인에게 향하는 애틋함이든.

잠자듯 고운 눈썹 위에
달빛이 나린다
눈이 쌓인다

옛날의 슬픈

피가 맺힌다

어느 강江을 건너서

다시 그를 만나랴

살 눈썹 길슴한

옛 사람을

산山수유 노랗게

흐느끼는 봄마다

도사리고 앉인채

도사리고 앉인채

울음 우는 사람

귀밑 사마귀

— 박목월, 〈귀밑 사마귀〉

새로운 뜻으로 되살아나는 **"아아, 잊으랴"**

현충일이 지났고 '유월 이십오일'은 다가오는데도, 이 땅엔 '6.25'를 되새기는 목소리가 들리지 않는다. 그 비참한 전쟁을 일으킨 세력이 아직 북쪽에 그대로 남아서 이 땅을 엿보는데. 대신 남쪽엔 '한반도기'라는 야릇한 깃발이 휘날린다. 살피지 못하는 사람들을 검은 잠 속으로 빨아들이는 주문呪文을 퍼뜨리면서.

"아아, 잊으랴, 어찌 우리 이 날을…" 우리 세대가 어릴 적부터 해마다 불렀던 이 익숙한 노래를 들은 지도 참 오래 되었다. 어느 사이엔가 그 노래를 부르면 '반통일 세력'으로 몰려 핍박받는 세상이 나왔다.

이제 6.25 전쟁에서 대한민국을 위해 목숨을 바친 분들은 잊혀졌다.

북쪽에 아직 살아있는 국군 포로들을 데려오려는 노력도 전혀 없다.
정부는 그저 시늉만 낸다.

그렇게 잊혀진 분들을 다시 기리면, 먼저 영운嶺雲 모윤숙毛允淑의 〈국
군은 죽어서 말한다〉가 떠오른다.

나는 죽었노라, 스물 다섯 젊은 나이에
대한민국의 아들로 나는 숨을 마치었노라.
질식하는 구름과 바람이 미처 날뛰는 조국의 산맥을 지키다가
드디어 드디어 나는 숨지었노라.

"나는 광주 산곡을 헤매다가 문득 혼자 죽어 넘어진 국군을 만났다"
는 제사가 붙은 이 시는 1951년에 나온 영운의 시집《풍랑》에 수록되
었다. 그 비참한 전쟁을 그린 시들이 많이 나왔는데, 아직 생기를 지녀
서 사람들이 읊는 시는 실질적으로 이 시뿐이다.

냉정하게 평가하면, 이 시는 잘된 작품은 아니다. 주제에 비해 너
무 길고, 상투적 표현들로 가득하다. 그런 흠에도 불구하고, 읽을 때
마다, 가슴에 큰 물결이 인다. 아마도 영운의 경험과 감정이 절실했던
덕분일 터이다.

내게는 어머니, 아버지, 귀여운 동생들도 있노라.

어여삐 사랑하는 소녀도 있었노라.

내 청춘은 봉오리지어 가까운 내 사람들과 함께

이 땅에 피어 살고 싶었었나니

아름다운 저 하늘에 무수히 나르는

내 나라의 새들과 함께

나는 자라고 노래하고 싶었노라.

　전쟁을 겪고 싸움터의 모습을 실제로 본 사람만이 느낄 수 있는 절절한 감정이 이 시의 자산이다. 그 자산이 다른 맥락에서라면 감상적으로 여겨질 구절들에 진정한 호소력을 주었다.

바람이여! 저 이름 모를 새들이여!

그대들이 지나는 어느 길 위에서나

고생하는 내 나라의 동포를 만나거든

부디 일러다오, 나를 위해 울지 말고 조국을 위해 울어 달라고.

저 가볍게 나르는 봄나라 새여

혹시 네가 나르는 어느 창가에서

내 사랑하는 소녀를 만나거든

나를 그리워 울지 말고 거룩한 조국을 위해

울어 달라 일러다고.

조지훈이 《사상계》 1968년 1월호에 발표한 〈다부원多富院에서〉는

6.25 전쟁을 소재로 삼은 작품들 가운데 빼어난 작품이다.

한 달 농성籠城 끝에 나와 보는 다부원은
얇은 가을 구름이 산마루에 뿌려져 있다.

피아 공방의 포화가
한 달을 내리 울부짖던 곳

아아 다부원은 이렇게도
대구에서 가까운 자리에 있었고나.
조그만 마을 하나를
자유의 국토 안에 살리기 위해서는
한해살이 푸나무도 온전히
제 목숨을 다 마치지 못했거니

사람들아 묻지를 말아라
이 황폐한 풍경이
무엇 때문의 희생인가를…

　　6.25 전쟁의 역사에서 '낙동강 전선'은 전쟁의 운명이 결정된 곳이었
다. 거기서 나온 치열한 싸움들 가운데 유난히 치열했고 중요했던 것
이 '다부동 전투'였다. 이 지역 전투에서 백선엽白善燁 소장이 이끈 국군

제1사단은 큰 공을 세웠다. 당시 지훈은 종군 문인으로 그 싸움터를 찾았고 거기서 이 작품이 씌어졌다.

일찍이 한 하늘 아래 목숨 받아

움직이던 생령生靈들이 이제

싸늘한 가을 바람에 오히려

간 고등어 냄새로 썩고 있는 다부원

진실로 운명의 말미암음이 없고

그것을 또한 믿을 수가 없다면

이 가련한 주검에 무슨 안식이 있느냐.

살아서 다시 보는 다부원은

죽은 자도 산 자도 다 함께

안주安住의 집이 없고 바람만 분다.

여기서 드러나는 지훈의 시각은 〈국군은 죽어서 말한다〉에서 드러나는 영운의 시각보다 훨씬 철학적이다. 그리고 아군과 적군의 죽음을 함께 아우른다. 아마도 그래서 당시 발표되지 못하고 뒷날에 발표되었는지도 모른다. 문학적 완성도에서도 훨씬 높다.

그래도 지훈의 작품은 이제 거의 잊혀졌다. 북한의 위협은 점점 커지는데, 우리 사회 안에서 북한에 동조하는 세력이 오히려 득세하는 상황이 반영된 듯해서, 마음이 씁쓸해진다. 우리가 철학적으로 6.25 전쟁을 바라보기엔, 지금 우리 처지가 너무 절박한 것이리라. 영운의 시를 뇌이면, 어릴 적 초라한 교실에서 목청껏 부르던 노래가 새로운 뜻을 지니고 되살아난다: "아아, 잊으랴, 어찌 우리 이 날을…"

사과밭 나무 밑에 절로 난 오솔길은

가는 비 뿌리고 나자, 갑자기 쌀쌀해졌다. 늦더위에 시달린 마음엔 이번 가을은 성큼 다가왔다.

가을은 우리를 푸근하게 한다. 아득한 원시시대에도 그러했으리라. 그때도 열매들은 가을에 익어갔을 터이니. 농사가 시작된 뒤로는 더욱 그러했을 터이고. 추석마다 벌어지는 '민족 대이동'이 일깨워주는 것처럼, 지금도 한가위보다 더 즐거운 명절은 없다.

그렇게 풍요로운 계절을 노래한 시들은 물론 많다. 키츠John Keats의 유장한 〈가을에 부치는 시Ode to Autumn〉를 낭송하면, 가을은 문득 우리 눈앞에 여유로운 모습을 드러낸다.

안개와 무르익은 결실의 계절!

익어가는 해의 흉금을 털어놓는 친구;

초가 추녀를 돌아간 포도 넝쿨들을

열매 달아 축복하려고 그와 함께 모의하느니;

Season of mists and mellow fruitfulness!

Close bosom-friend of the maturing sun;

Conspiring with him how to load and bless

With fruit the vines that round the thatch-eaves run;

열매들은 풍성하지만, 그 둘레에서 잎새들은 시든다. 우리 마음에서 가을과 낙엽은 늘 함께 떠오른다. 가을은 상실과 추억의 계절이기도 하다.

낙엽은 폴 – 란드 망명정부의 지폐

포화에 이즈러진

도룬시의 가을 하늘을 생각케 한다.

길은 한줄기 구겨진 넥타이처럼 풀어져

일광의 폭포 속으로 사라지고

조그만 담배 연기를 내뿜으며

새로 두시의 급행차가 들을 달린다.

포플라나무의 늑골 사이로

공장의 지붕은 흰 이빨을 드러내인채

한가닥 꾸부러진 철책이 바람에 나부끼고

그 우에 세로팡지로 만든 구름이 하나,

자욱 – 한 풀벌레 소리 발길로 차며

호올로 황량한 생각 버릴 곳 없어

허공에 띄우는 돌팔매 하나,

기울어진 풍경의 장막 저쪽에

고독한 반원을 긋고 감기여 간다.

1940년에 발표된 김광균金光均의 〈추일서정秋日抒情〉은 놀랍도록 현대적이다. 유럽에서 이미 2차대전이 시작되었고 일본 치하의 조선에도 태평양전쟁의 먹장구름이 몰려오던 시절, 어수선한 세상의 가을을 현대적 감각으로 담았다.

그렇게 시들고 야위어가는 시절이기도 해서, 가을엔 늘 추억이 새로워진다. 특히 지난 사랑의 애틋한 추억이.

갓 땋아 올린 앞머리카락이

사과나무 곁에 나타났을 때

앞머리에 찌른 꽃빗花櫛의

꽃 같은 그대라고 여겼더니라

정답게 흰 손을 내밀어

사과를 나에게 건네준 그대

연분홍 빛깔의 가을 열매로

비로소 그리움을 배웠더니라

내 하염없는 한숨이

그대의 머리카락에 닿았을 때

즐거운 사랑의 술잔을

그대의 마음으로 기울였다네

사과밭 나무 밑에

절로 난 오솔길은

누가 처음으로 밟은 자리일까 하고

물으면 더 한결 그리웁구나

— 시마자키 토오손(島崎藤村), 〈첫사랑(初戀)〉, 김춘수(金春樹) 옮김

어릴 적 첫사랑이 평생의 인연으로 되는 일은 드물다. 그러나 첫사랑은 마음에 깊이 새겨져서 평생 소중한 기억으로 남는다.

하긴 기억들은 모두 소중하다. 기억들이 우리의 자아를 이룬다는 뜻에서. 하도 끔찍해서 아예 지워버리고 싶은 기억들도 있지만, 만일 그런 기억들이 지워진다면, 우리의 자아는 그만큼 줄어들 것이다.

그래서 풍요로운 경험을 우리가 높이 여기는 것이리라. 그 경험이 견디기 어려울 만큼 아픈 것이었을지라도. 테니슨Alfred Tennyson이 〈추도In Memoriam〉에서 얘기한 것이 바로 그것이다.

무슨 일이 일어나도, 나는 진실하다 믿느니;

내가 가장 슬퍼할 때, 나는 느끼느니;

사랑하고서 잃는 것이

아예 사랑하지 않았던 것보다 낫다는 것을.

I hold it true, whate'er befall;

I feel it, when I sorrow most;

'Tis better to have loved and lost

Than never to have loved at all.

날리는 아까시 잎새들을 보며

병영에서 듣는 동요들은 가슴에 깊이 닿는다. 어릴 적 무심히 흥얼거렸던 가사들이 짙은 향수 속에서 문득 새로운 모습을 한다.

고향 땅이 여기서 얼마나 되나.
푸른 하늘 끝 닿은 저기가 거긴가.
아까시아 흰 꽃이 바람에 날리니
고향에도 지금쯤 뻐꾹새 울겠네.

고된 훈련을 받던 병사의 입에서 이 동요를 들었던 장면이 마흔 해가 지난 지금도 선연하다.

어릴 적 아까시나무는 "산을 망치는 나무"라고 어른들로부터 박해를 받았다. 자라나면서, 그런 얘기가 편견이라는 것을 차츰 깨닫게 되었지만, 어릴 적에 받은 교훈은 머리 한구석에 남아 있었다.

그런 편견이 말끔히 씻긴 것은 전방에서 총생叢生한 아까시나무들을 보았을 때였다. 사람 손을 타지 않고 곧게 자란 아까시나무들은 정말 보기 시원했다. 꽃이 필 때면, 제주도서부터 벌통들을 싣고 올라온 이들이 휴전선에 닿았다. 아까시 숲자락 빈터에 나란히 놓인 벌통들 위에서 붕붕거리던 벌떼는 지뢰들이 묻힌 땅을 평화스러운 풍경으로 만들었고 내 가슴에서 짙은 그리움을 불러냈다. 월남전이 한창이었고 북한이 '제2전선'을 형성한다고 공비들을 많이 내려보내서, 1960년대 후반은 휴전 뒤 휴전선이 가장 위험했던 때였다. 그래서 아까시 숲의 평화스러운 풍경이 더욱 깊이 마음에 새겨졌을 터이다.

실은 아까시나무는 쓸모가 컸다. 마디가 적고 잘 썩지 않으므로, 아까시나무는 참호와 교통호의 내벽에 대는 데 아주 좋았다. 그래서 비무장지대 안 경계초소GP들의 참호와 교통호는 대부분 아까시나무들로 만들어졌었다. 비부장지대 바로 남쪽에 세워졌던 목책선에도 물론 아까시나무는 요긴하게 쓰였다. 공비들의 침입이 너무 심해져서, 철책선이 목책선을 대신하게 된 것도 그때였다. 비에 하염없이 젖는 목책선을 바라보며 느꼈던 둔중한 아픔은 아직 내 가슴 한쪽에 남아있다.

　올해는 철에 맞지 않게 누렁잎이 든 아까시나무들이 유난히 많다. 바람이 불면, 가을 낙엽처럼 날린다. 꽃도 여느 해보다 덜 풍성했고 일찍 졌다. 다행히, 해충이나 질병 때문이 아니라, 전쟁 뒤 사방공사를 위해서 집중적으로 심었던 나무들이 노쇠한 탓이라 한다.

　휴전선에서 보았던 나무들의 기억에 세월이 흐르면 나무도 사라지게 마련이라는 생각이 얹혀서, 산책 길에서 만나는 아까시나무들에 눈길이 오래 머문다. 민둥산이 많았던 시절을 기억하는 세대에겐 척박한 땅에서 오래 버틴 나무들에 대한 고마움이 유난히 깊을 수밖에 없다.

　세월이 흐르면, 모든 생명들이 늙어서 잦아들게 마련이다. 늙음이 본질적으로 세포 분열에 따르는 현상이므로, 수태되자마자 생명체들은 늙기 시작한다고 생물학자들은 말한다. 그래서 늙음은, 나무의 그것이든 사람의 그것이든, 철학적 마음으로 살펴야 하리라.

　사람의 경우, 그런 흐름을 조금 거스를 수 있는 여유가 생겼다. 의술이 발전하고 경제가 풍요로워져서, 수명이 크게 늘어난 덕분이다. '건강한 노인 세대'의 출현은 반가운 일이지만, 그것이 너무 갑작스러워서, 사회적 관행과 제도가 제대로 마련되지 않았다. 지금 우리 사회에서 평균 퇴직 연령은 50대 중반이라 한다. 평균 수명이 70대 중반을 넘어섰으니, 적어도 20년 동안 건강하게 살 노인들이 많다는 얘기다. 이처럼 건강한 노인 세대가 사회적으로 가치를 창출하는 활동을 할 수 있도록 사회의 구조와 관행이 바뀌어야 할 것이다.

이 문제를 일찍이 예견하고 진지하게 성찰한 사람은 역사상 가장 영향력이 컸던 경영학자로 꼽히는 드러커Peter Drucker다. 목숨이 늘어나면, 사람은 '제2의 경력second career'을 마련해야 하리라고 그는 지적했다. 경력을 다시 시작하려면, 새로운 지식을 얻는 것이 무엇보다 긴요하다. 지식이 빠르게 늘어나므로, '지식의 노후화obsolescence'는 점점 빨라진다. 쉬지 않고 낡아가는 지식을 새로 나오는 지식으로 바꾸어 지니는 일은 이제 누구도 게을리할 수 없다.

그런 생각으로 살피면, 테니슨Alfred Tennyson의 〈율리시즈Ulysses〉에서 주인공이 자신의 편안한 삶을 성찰하는 대목이 절실하게 다가온다.

그리고 나빴다

세 해 동안 갈무리하고 아낀 것은, 나 자신을,

사람 생각의 맨 바깥 금 너머로

가라앉는 별처럼 지식을 따르려는 욕망에

그리워하는 이 잿빛 넋을.

and vile it were

For some three suns to store and hoard myself,

And this grey spirit yearning in desire

To follow knowledge like a sinking star,

Beyond the utmost bound of human thought.

　육신의 힘만이 지배하는 자연에선 늙은 개체를 보기 어렵다. 노인의 출현은 경험적 지식이 결정적으로 중요한 인류 문명에서 처음 나온 현상이다. 바로 거기에 나이 들어가는 세대가 지닌 자산이 있다. 이 세상엔 경험을 통해서만 얻을 수 있는 지식이 있고 그 지식을 지닌 세대는 자신들과 후대를 위해 그것을 쓸 길을 찾아야 한다.

　노인 세대가 실질적으로 지난 반세기 동안에 갑자기 나타났으므로, 지금은 사회가 그런 현상에 적응하는 '과도기'라 할 수 있다. 참고할 경험들이 적고 길은 잘 보이지 않으므로, 긴 시행착오의 과정을 거쳐야 하리라. 당연히, 지금 나이 든 그리고 나이 들어가는 세대들은 개척자의 자세를 지녀야 한다.

　누렁잎이 든 아까시나무들과 그 나무들이 불러낸 기억들을 고맙고 아쉬운 마음으로 뒤로 하고 젊은이들이 뛰노는 공원으로 들어서면서, 율리시즈의 힘찬 다짐을 뇌어본다.

비록 많이 앗겼지만, 많이 남았다; 그리고 비록

우리가 예전에 땅과 하늘을 움직였던 힘을

이제는 지니지 못했지만; 우리는 우리다;

시간과 운명에 의해 약해졌지만, 애쓰고, 추구하고, 찾아내고

결코 물러서지 않으려는 의지에선 강한,

영웅적 가슴들의 오직 평정한 기질.

Though much is taken, much abides; and though

We are not now that strength which in old days

Moved earth and heaven; that which we are, we are;

One equal temper of heroic hearts,

Made weak by time and fate, but strong in will

To strive, to seek, to find, and not to yield.

삶을 견딜 만하게 만드는 것

무더위에 지친 마음은 뇌게 마련이다, '이 더위 어서 가라.' 이제 무
더위가 물러가고 아침저녁으로 서늘한 기운이 돌자, 지나가 버린 여름
이 문득 아쉬워진다. 우리의 삶은 대체로 그렇게 지나간다. '그저 이대
로 살았으면…' 하는 생각에 가는 시간이 아까운 때는 그리도 드물다.

결코 다시 올 수 없다는 것이
삶을 그리도 달콤하게 만드는 것이다.
우리가 믿지 않는 것을 믿는 것은
기쁘게 하지 않는다.

That it will never come again

Is what makes life so sweet.

Believing what we don't believe

Does not exhilarate.

에밀리 디킨슨Emily Dickinson의 얘기대로, 우리의 삶이 다시 올 수 없고 내세는 잘 믿어지지 않는다는 사실이 "개똥밭에서 뒹굴어도 이승이 좋은" 연유다. 내세의 천국을 소리 내어 믿는 사람들도 모두 오래 살려고 기를 쓴다.

그래서 무엇을 탓하면서 빈둥거리거나 하잘 것 없는 일들로 보낸 날들이 우리 속을 그리도 쓰리게 하는 것이다.

실은, 시간 죽이기는

시간이 우리를 죽이는 다양한 가운데

단지 또 하나를 가리키는 이름이다.

In reality, killing time

Is only the name for another of the multifarious ways

By which Time kills us.

영국 시인 오스버트 시트웰Osbert Sitwell의 시구는 그저 '킬링 타임'에 몰두하는 것이 얼마나 무서운 일인가 일깨워준다.

잘 채웠거나 허송했거나, 세월은 흐르고 우리의 여생은 짧아진다. 젖먹이가 자라 학교에 다니고 가무잡잡하던 계집아이가 어느 사이엔가 보얀 처녀가 된 것을 보며, 우리는 자신의 늙음을 깨닫는다. 무엇으로도 그런 깨달음이 우리 마음에 던지는 짙은 그늘을 걷어낼 수 없다.

가는 세월이 너무 아쉬워지면, 그래서 흐르는 세월에 말을 거는 것이 차라리 낫다.

갈수록, 일월日月이여,

내 마음 더 여리어져

가는 8월을 견딜 수 없네

9월도 시월도

견딜 수 없네

흘러가는 것들을

견딜 수 없네

사람의 일들

변화와 아픔들을

견딜 수 없네

있다가 없는 것

보이다 안 보이는 것

견딜 수 없네

시간을 견딜 수 없네

시간의 모든 흔적을

그림자를

견딜 수 없네

모든 흔적은 상흔傷痕이니

흐르고 변하는 것들이여

아프고 아픈 것들이여.

— 정현종(鄭玄宗), 〈견딜 수 없네〉

시인을 따라 "견딜 수 없네" 거듭 외쳐보면, 처서處暑 지난 밤 슬며시 찾은 서늘한 바람처럼 한 줄기 무엇이 마음에 스며, 크고 작은 패배들과 걱정들로 채워진 하루를 견딜 만한 것으로 만든다.

"오랜 세월을 외국에서 보낸 작가. 시인들에게 공통적으로 드러나는 특징은 '담백함'이다. 그리고 담백함에도 세기가 있다면, 그것은 그들의 외국 생활의 기간만큼에 비례한다"고 문학평론가 정과리는 썼다, 박이문의 새 시집 《아침 산책》의 해설에서. 그리고 보니, 그렇다. 박이문의 시는 담백하다. 그리고 그는 긴 지적 편력 과정에서 외국에 오래 머문 철학자다.

작년에 묻힌 아버지

당신의

무덤

거기 당신의 살로

더 푸른

잔디

— 박이문, 〈더 푸른 무덤의 잔디〉

늦가을 밭둑에 혼자 앉아 이로 껍질을 벗기면서 먹는 무 맛처럼 담백한 이 시를 읽으면서, 담백한 음식이 드물어진 세상임을 떠올린다. 이제는 문학에서도 담백함을 찾기가 쉽지 않아졌는데, 팔순이 저만큼 보이는 철학자 시인 박이문은 1930년 충남 아산에서 태어났다. 은 담백함을 옷으로 입은 듯하다.

마종기馬鍾基도 담백함을 이내 느끼게 되는 시인이다. 그는 오래 미국에서 활동한 의사인데, 의사와 시인이라는 양립하기 어려운 천직들을 감탄스럽게 조화시켰다. 그의 시를 읽으면, 의사로서의 경험이 그의 시의 자양이 되었음을 이내 깨닫게 되고, 그의 산문을 읽으면, 시인으로서의 성찰이 그의 인술을 더욱 어질게 했음이 드러난다.

동생이 죽어 묻힌 외국의 공원묘지,

일 년이 지나도 풀이 잘 자라지 않는다.

한글로 이름 새긴 비석에 기대 앉으면

땅 밑의 너, 땅 위에는 낮은 하늘이 몇 개,

여기가 과연 느슨한 평생의 어디쯤인가.

네가 떠난 후에도 매일 날이 밝고 밤이 어두워졌다. 어쩌다 잘못 꺾어든 길에서 너는 끝이 났지만 고맙다, 지난 수십 년, 착한 동생으로 내 옆에서 살아준, 가끔은 건방진 내 마음의 발길에 차여 아파했을 너, 멍도 풀고 한도 풀고 하늘도 풀어서, 우리가 다시 만나 기뻐 뛰며 울 날까지 - 건강해라, 깊고 깊은 숨 속에서 건강하거라.

묘지 근처의 모든 공기는 언제나 생각에 잠겨 있다.
묘지 근처의 공기는 언제나 먼 곳을 보고 있다.
조용하고 가득한 냄새만 사방에 번진다.
일 년이 지나도 갈색빛을 지키는 땅바닥에
나는 너무 아프다고 중얼거린다.
멀찍이서 울던 새 한 마리 갑자기 입을 다물어버린다.
묘지의 공기가 힘 죽이고 땅 밑으로 스며들고 있다.

외지에서 횡사한 동생을 그리워하는 형의 마음이 잔잔하고 담백해서 그의 〈묘지에서〉는 더욱 애틋하다. 힘들게 삭혀진 분노와 슬픔이 거름이 되어, 담백한 빛깔의 꽃송이가 문득 피었다.

뛰어난 평론가답게, 정과리는 외지의 삶이 담백함을 불러오는 심리적 과정을 설득력있게 설명했다. 여기 소개하기엔 좀 긴 그 설명 대신, 프랑스 시인의 널리 애송되는 시구 하나를 대신 내놓는다.

떠나감은 조금 죽는 것이다,

그가 사랑하는 것에 대해 죽는 것이다;

언제나 어디서나

사람은 자신의 한 조각을 남긴다.

Partir, c'est mourir un peu,

C'est mourir a ce qu'on aime:

On laisse un peu de soi-meme

En toute heure et dans tout lieu.

에드몽 아로쿠르Edmond Haraucourt: 1856~1941의 〈작별의 시Rondel de l'Adieu〉 첫 연이다. 롱델Rondel은 세 연으로 된 정형시인데, 첫 연의 두 줄이 나머지 연들의 후렴으로 쓰인다. 이 시는 그 형식을 좀 느슨하게 따랐다.

그렇다. 떠나갈 때마다, 사람은 자신의 작은 부분을 남긴다. 아로쿠르는 마지막 연에서 "사람이 흩어버리는 것은, 작별할 때마다 사람이 흩어버리는 것은 그의 넋이다.C'est son ame que l'on seme, que l'on seme a chaque adieu"라고 읊었다. 그래서 작별을 많이 한 사람은 다른 사람들 눈에 담백하게 비치는지도 모른다. 뒤에 남길 수 없는 것들만을 지녔기 때문이다.

아마도 그래서 담백함이 젊은이들에게 어울리지 않는 특질일 것이다. 자신들은 아직 모르지만, 어쩔 수 없이 뒤에 남기게 될 것들을 많이 지녔기 때문이다.

어찌 되었든, 나이가 들수록 담백한 시들에 끌린다. 특히 요즘처럼 정치적 증오가 짙어지다 못해 액체처럼 고인 시절엔. 담백한 시들은 증오에 진저리 치는 넋을 보리밭 고랑 타고 오는 봄바람처럼 쓰다듬는다.

"남들과의 다툼에서 우리는 수사修辭를 만들어낸다; 자신과의 다툼에서 우리는 시를 만들어낸다.Out of the quarrel with others we make rhetoric; out of the quarrel with ourselves we make poetry" 시작詩作에 관한 예이츠William Butler Yeats의 이 간명한 얘기는 시를 쓰지 않는 사람들도 깊이 새길 만하다. 누구에게나 본질적으로 중요한 것들은 자신의 마음속에서 결정된다.

남들과의 다툼은 힘들다. 그러나 정말로 힘든 것은 자신과의 다툼이다. 남들은 자신을 둘러싼 사회적 환경이고, 그 환경에 적응하는 방식은 먼저 자신의 마음속에서 판단이 선 뒤에야 합리적으로 선택될 수 있다. 그래서 남들과의 다툼도 실은 자신과의 다툼의 연장이다.

몇십 년을 두고 가슴에 든 멍이

누구도 모르게 품안고 살았던 멍이

이제 더는 감출 수가 없어

멀건 대낮

하늘에다 대고

어디 한번 보기나 하시라고

답답한 가슴 열어 보였더니

하늘이 그만 놀라시어

내 멍든 가슴을 덥석 안았습니다

온통 시퍼런 가을 하늘이

— 김형영(金炯榮), 〈가을 하늘〉

자신과의 다툼은 삶의 기본 조건이므로, 그것은 살아있는 한 이어진다. 그 힘든 다툼에서 일시적 우위를 차지하고 한숨을 돌린 순간순간에 시인은 시를 다듬어낸다. 그 다툼의 현장을 굽어보면서.

김형영은 천주교 신자이므로, 그의 시의 '하늘'은 종교적 뜻도 지녔을 터이다. 이 시를 읽으면, 종교적 신념이 없는 나로서는 종교적 신념이 얼마나 힘들게 얻어지고 지탱되는가 새삼 깨닫게 된다. 종교적 신념은 궁극적으로는 자신과의 다툼을 통해서 얻어지는 것은 아닐까?

자신과 늘 치열하게 다툰 시인으로는 김수영金洙暎이 먼저 떠오른다.

그의 잘 알려진 시들은 대부분 그런 다툼의 모습을 보여준다. 실은 너무 직설적으로 보여주어서, 문학적 성취도에서 오히려 낮은 경우도 있다. 그가 좀 여유를 찾고 쓴, 그래서 많은 사람들이 좋아하는 작품이 〈봄밤〉이다.

애타도록 마음에 서둘지 말라

강물 위에 떨어진 불빛처럼

혁혁赫赫한 업적業績을 바라지 말라

개가 울고 종이 들리고 달이 떠도

너는 조금도 당황하지 말라

술에서 깨어난 무거운 몸이여

오오 봄이여

한없이 풀어지는 피곤한 마음에도

너는 결코 서둘지 말라

너의 꿈이 달의 행로行路와 비슷한 회전廻轉을 하더라도

개가 울고 종이 들리고

기적 소리가 과연 슬프다 하더라도

너는 결코 서둘지 말라

서둘지 말라 나의 빛이여

오오 인생人生이여

재앙災殃과 불행不幸과 격투格鬪와 청춘靑春과 천만인千萬人의
생활生活과
그러한 모든 것이 보이는 밤
눈을 뜨지 않은 땅속의 벌레 같이
아둔하고 가난한 마음은 서둘지 말라
애타도록 마음에 서둘지 말라
절제節制여
나의 귀여운 아들이여
오오 나의 영감靈感이여

"애타도록 마음에 서둘지 말라"고 자신의 마음을 가라앉히는 시인의 모습이 우리 가슴속에 물결을 일으킨다. 누군들 자신에게 그런 당부를 한 적이 없었겠는가?

선거철이라, 세상은 수사修辭들로 뒤덮였었다. 이제 우리는 남들과의 다툼에서 벗어나 다시 자신과의 다툼을 시작해야 한다. 거기서 우리에게 정말로 가치 있는 무엇이, 예이츠의 말대로 '수사'가 아니라 '시'가, 나오는 것이다.

그렇게 하려면, 우리는 먼저 자신을 살펴야 한다. 정직한 눈길로. 바로 그것이 맹자께서 말씀하신 것이다: "어진 사람은 활 쏘는 것과 같다. 활 쏘는 사람은 자신을 바르게 한 뒤에 쏜다. 쏘아서 과녁에 맞지

않아도, 자기를 이긴 사람을 원망하지 않고, 돌이켜 자신에게서 결점을 찾을 따름이다. 仁者如射. 射者正己而後發. 發而不中, 不怨勝己者, 反求諸己而已矣"

파릇함은 어째서 오래가지 못하나

봄비 맞고 막 돋은 파릇한 잎새들이 곱다. 모든 싹들은 곱다. 아기들도, 강아지들도 귀엽다. 모든 것들이 처음이 좋다. 그래서 첫사랑을 모두 잊지 못하고, 일이 잘못되면, "초심으로 돌아가자"는 얘기가 나온다.

그러나 어릴 적의 모습과 특질을 오래 지니기는 어렵다. 싹은 자라나서 잎새가 되고 줄기가 되어야 한다. 그런 과정에서 어릴 적의 파릇함이 차츰 가신다.

그렇게 이 세상이 모든 것이 세월에 바래는 까닭은, 산문적으로 말하면, 열역학 제2법칙 때문이다. 엔트로피의 증가는 무엇도 막을 수 없다.

　사람들은 말하지
　한 번 흘러간 물은
　거슬러 오는 법이 없다고.
　떨어진 꽃잎들 다시 줄기에 앉고
　흩어진 향기 다시 모여
　젊은 연인의 손에 들린 장미로
　살아나는 법은 없다고.
　그리고 엔트로피를 근거로 내놓지.

— 졸작 〈마법성의 수호자, 나의 끼끗한 들깨〉에서

　일반적으로 감수성이 뛰어나다고 일컬어지는 예술가들 가운데 특히 뛰어난 이들은 시인들이다. 그래서 그런지, 시인들의 초기 작품들엔 흔히 새싹의 파룻함이 어린다. 황인숙黃仁淑의 초기 작품들엔 그런 파룻함이 짙어서 손을 대면 묻어날 것 같다.

　보라, 하늘을.
　아무에게도 엿보이지 않고
　아무도 엿보지 않는다.
　새는 코를 막고 솟아오른다.
　얏호, 함성을 지르며

자유의 섬뜩한 덫을 끌며
팅! 팅! 팅!
시퍼런 용수철을
튕긴다.

〈새는 하늘을 자유롭게 풀어놓고〉라는 제목이 얼마나 잘 어울리는가.

아아 남자들은 모르리
벌판을 뒤흔드는
저 바람 속에 뛰어들면
가슴 위까지 치솟아 오르네
스커트 자락의 상쾌!

〈바람 부는 날이면〉을 읽으면, 따라 마음이 상쾌해지고 입가에 웃음이 절로 어린다. 나는 늘 궁금하다, 이렇게 파릇한 작품들이 어떤 원숙한 작품들로 진화할지.

훌륭한 작품들을 많이 쓴 시인의 경우에도 나는 흔히 그의 초기작에 마음이 끌린다. 황동규黃東奎의 등단작인 〈시월十月〉이 그렇다.

1
내 사랑하리 시월의 강물을

석양夕陽이 짙어가는 푸른 모래톱

지난날 가졌던 슬픈 여정旅程들을, 아득한 기대를

이제는 홀로 남아 따뜻이 기다리리.

2

지난 이야기를 해서 무엇하리

두견이 우는 숲새를 건너서

낮은 돌담에 흐르는 달빛 속에

울리던 목금木琴소리 목금木琴소리 목금木琴소리

3

며칠내 바람이 싸늘히 불고

오늘은 안개 속에 찬 비가 뿌렸다

가을비 소리에 온 마음 끌림은

잊고 싶은 약속을 못다한 탓이리.

4

아늬,

석등石燈 곁에

밤 물소리

누이야 무엇하나

달이 지는데
밀물지는 고물에서
눈을 감듯이

바람은 사면四面에서 빈 가지를
하나 남은 사랑처럼 흔들고 있다

아늬,
석등石燈 곁에
밤 물소리

5

낡은 단청丹靑 밖으론 바람이 이는 가을날, 잔잔히 다가오는 저녁
어스름. 며칠내 며칠내 낙엽이 내리고 혹 싸늘히 비가 뿌려와서…
절 뒷울 안에 서서 마을을 내려다 보면 낙엽지는 느릅나무며 우물
이며 초가집이며 그리고 방금 켜지기 시작하는 등불들이 어스름
속에서 알 수 없는 어느 하나에로 합쳐짐을 나는 본다.

6

창 밖에 가득히 낙엽이 내리는 저녁
나는 끊임없이 불빛이 그리웠다
바람은 조금도 불지를 않고 등불들은 다만 그 숱한 향수鄕愁와 같

은 것에 싸여 가고 주위는 자꾸 어두워 갔다

이제 나도 한 잎의 낙엽으로, 좀 더 낮은 곳으로, 내리고 싶다.

세월이 가면, 파릇함은 가시고 그 자리를 다른 특질들이 차지한다. 아쉽다. 원숙함이 대신한 경우에도 아쉽다. 세상의 이치가 그렇다고 자신에게 일러도, 역시 아쉽다.

엄마 손을 잡고 다가오는 아이에게 손을 흔든다. 가벼운 놀람이 한순간 어렸던 얼굴에 수줍은 웃음이 앉으면서, 녀석이 손을 흔든다. 너머로 백양 가지 새 싹이 곱다.

인생은 살기 어렵다는데

삶은 어렵다. 생존 경쟁, 적자 생존, 자연 선택과 같은 개념들이 삶이 고달플 수밖에 없는 사정을 설명한다. 우리는 살아남기 위해 태어났지 행복하기 위해 태어난 것이 아니다. 적어도, 진화 생물학자들은 그렇게 말한다.

삶이야 모두에게 힘들지만, 예술가들은 유난히 힘들게 살아간다. 자신의 삶에서 무엇을 뽑아내려 애쓰니, 당연한 일이긴 하다. "참된 예술가는 그의 예술이 아닌 다른 일에 종사하기보다는 차라리 그의 아내가 굶주리고, 그의 자식들이 맨발로 다니고, 그의 칠십 노모가 그의 생계를 마련하기 위해 힘든 일을 하도록 할 터이다.The true artist will let his wife starve, his children go barefoot, his mother drudge for his living at seventy, sooner

> — 조지 버나드 쇼(George Bernard Shaw), 〈인간과 초인간 (Man and Superman)〉

미국 추리소설가 로스 맥도널드Ross MacDonald가 자신의 작품 속 화가의 입을 빌려서 말한 대로, "예술은 약한 사람들이 할 만한 게임은 아니다." 김광규金光圭는 문학의 위상이 낮아진 세상에서 시를 쓰는 일의 막막함을 〈묘비명墓碑銘〉에서 토로한다.

한 줄의 시詩는커녕

단 한 편의 소설도 읽은 바 없이

그는 한평생을 행복하게 살며

많은 돈을 벌었고

높은 자리에 올라

이처럼 훌륭한 비석을 남겼다

그리고 어느 유명한 문인이

그를 기리는 묘비명을 여기에 썼다.

비록 이 세상이 잿더미가 된다 해도

불의 뜨거움 굳굳이 견디며

이 묘비는 살아남아

귀중한 사료史料가 될 것이니

역사는 도대체 무엇을 기록하며

시인詩人은 어디에 무덤을 남길 것이냐

시업_{詩業}에 대한 진지한 자세로 후세의 추앙을 받은 12세기 송_宋의 시인 육유_{陸游}가 시인이 되는 일의 어려움을 토로한 〈검문으로 가는 길에서 가랑비를 만나_{劍門道中遇微雨}〉는 시인들의 가슴에 늘 이랑 깊은 물결을 일으킨다.

    옷엔 길 먼지 술 자국 어지럽고,
    멀리 떠돌아도 넋 나가지 않는 곳 없네.
    이 몸은 필시 시인이 못 되느니,
    가랑비 맞으며 나귀 타고 검문을 들어서네.

    衣上征塵雜酒痕
    遠遊無處不消魂
    此身合是詩人未
    細雨騎驢入劍門

시업이 그리 힘들므로, 일본의 식민지가 된 땅에서 지식인으로 살아야 했던 윤동주_{尹東柱}는 시가 쉽게 쓰여진다는 것을 부끄럽게 여겼다.

    창밖에 밤비가 속살거려
    육첩방은 남의 나라,

    시인이란 슬픈 천명인 줄 알면서도

한 줄 시를 적어 볼까.

땀내와 사랑 내 포근히 품긴
보내 주신 학비 봉투를 받아

대학 노-트를 끼고
늙은 교수의 강의를 들으러 간다.

생각해 보면 어린 때 동무들
하나, 둘, 죄다 잃어버리고

나는 무얼 바라
나는 다만, 홀로 침전하는 것일까?

인생은 살기 어렵다는데
시가 이렇게 쉽게 씌어지는 것은
부끄러운 일이다.

육첩방은 남의 나라,
창밖에 밤비가 속살거리는데,

등불을 밝혀 어둠을 조금 내몰고,

시대처럼 올 아침을 기다리는 최후의 나,

나는 나에게 작은 손을 내밀어
눈물과 위안으로 잡는 최초의 악수.

그가 일본 경찰에 붙잡혀 감옥에 갇히기 꼭 한 해 전인 1942년 여름에 쓴 〈쉽게 씌어진 시〉는 자유롭고 풍요로운 세상에 사는 시인들로 하여금 새삼 옷깃을 여미고 시업의 뜻을 새기게 한다.

Joyce Jin

노벨 문학상이 터키 소설가 오르한 파묵에게 주어졌다. 그의 작품들은 이미 높은 평가를 얻었지만, 결정적 계기는 그의 정치적 행위였다는 중론이다. 오토만 투르크 제국 정부가 아르메니아 인들을 대량 학살한 일은 터키 사회에선 금기인데, 그는 그것을 언급했고 정부의 박해를 받았다. 암살의 위협까지 큰 사회에서 그것은 대단한 용기다.

다른 편으로는, 그가 노벨상을 의식하고 그렇게 행동했다는 비난이 나온다. 문학 작품에 대한 평가에선 어쩔 수 없이 주관적 판단의 몫이 크다는 점과 맞물려, 이번에도 노벨 문학상은 논란에서 벗어나기 힘들 모양이다.

노벨 문학상을 타는 데에선, 세계의 주요 언어들로 작품들을 쓰는 것이 결정적으로 유리하다. 세계의 표준 언어인 영어를 비롯해서 프랑스어, 독일어, 스페인어와 같은 유럽의 주요 언어를 모국어로 삼은 작가들이 주로 노벨상을 탔다.

이런 사정은 우리 작가들에겐 아주 불리하게 작용한다. 번역은 좋은 대안이 못 된다. 번역이 어려운 작업이기도 하지만, 번역 과정에서 많은 것들이 사라지거나 뒤틀리게 된다. 시에선 특히 그렇다.

우리 현대의 시인들 가운데 가장 훌륭한 시인을 꼽으라면, 아마도 많은 사람들이 미당未堂 서정주徐廷柱를 꼽을 것이다. 미당은 시적 재능도 출중했고 좋은 작품들도 많이 남겼다. 그러나 그의 시들은 제대로 번역되기 어렵다. 번역되면, 많은 것들이 그 과정에서 사라지거나 뒤틀릴 터이다.

선운사禪雲寺 고랑으로
선운사 동백꽃을 보러 갔더니
동백꽃은 아직 일러 피지 않았고
막걸리집 여자의 육자백이 가락에
작년것만 오히려 남았습니다.
그것도 목이 쉬여 남았습니다.

널리 애송되는 〈선운사 동구禪雲寺 洞口〉를 외국어로 번역하면, 아마도 흥취가 상당히 사라질 것이다. 이 시엔 미당의 고향 냄새가 짙게 배었고 묘사가 아주 구체적이다. 그래서 미당의 시들은 번역이 잘 안 된다.

번역이 잘 되는 시들은 김춘수金春洙의 작품들이다. 그가 '무의미 시'라는 시 이론을 내세웠다는 사실과도 관련이 있을 터이지만, 그의 시들은 무척 추상적이고 그래서 번역 과정에서 사라지는 것들이 미당의 경우보다 작은 듯하다.

내가 그의 이름을 불러 주기 전에는
그는 다만
하나의 몸짓에 지나지 않았다.

내가 그의 이름을 불러 주었을 때
그는 나에게로 와서
꽃이 되었다.

내가 그의 이름을 불러 준 것처럼
나의 이 빛깔과 향기에 알맞는
누가 나의 이름을 불러 다오.
그에게로 가서 나도
그의 꽃이 되고 싶다.

우리들은 모두
무엇이 되고 싶다.
나는 너에게 너는 나에게
잊혀지지 않는 하나의 의미가 되고 싶다.

우리 사회에서 가장 잘 알려진 시들 가운데 하나인 〈꽃〉은 극도로 추상적이다. 개념들로만 이루어졌고, 시가 자라난 정황에 대한 설명이 전혀 없다.

미당이 읊은 꽃은 동백꽃이다. 그것도 작년의 동백꽃이다. 그러나 김춘수의 꽃은 그저 꽃이다. 시인이 인식한 구체적 꽃이 아니라 꽃으로 상징되는 무엇을 가리킨 것이다. 미당이 만난 인물은 쉰 목소리로 육자백이를 부르는 막걸리집 여자다. 그러나 〈꽃〉의 그는 그저 3인칭 대명사일 따름이다.

이제 현대의 위대한 시인 두 분은 세상을 떠났고, 그들의 작품들만 남았다. 영어나 프랑스어로 쓰여졌다면, 훨씬 많은 독자들의 사랑을 받았을 작품들이다. 그러나 그 분들이 그것을 크게 아쉬워할 것 같지는 않다.

섭섭하게,
그러나

아조 섭섭치는 말고
좀 섭섭한듯만 하게,

이별이게,
그러나
아주 영 이별은 말고
어디 내생에서라도
다시 만나기로 하는 이별이게,

연蓮꽃
만나러 가는
바람 아니라
만나고 가는 바람 같이…

엊그제
만나고 가는 바람 아니라
한 두 철 전
만나고 가는 바람 같이…

50대의 미당이 쓴 〈연蓮꽃 만나고 가는 바람같이〉는 그의 자작 비명碑銘처럼 들린다.

내가 **부모가** 되어서 알아보랴

추석이면, 부모를 여읜 사람들의 가슴은 허전할 수밖에 없다. 텔레비전이나 신문의 광고들에 나오는 부모와 자식들의 상봉 장면들에도 가슴이 아릿해진다.

산보 길에서 나이 든 부인을 보고, 이시카와 타쿠보쿠石川啄木의 〈우스개 삼아〉를 뇌었다.

우스개 삼아 어머니를 업어보고
그 너무나 가벼움에 목메어
세 발짝도 못 걷네.

— 김춘수(金春樹) 옮김

"밥 챙겨서 먹어라", "뜨습게 입어라", 볼 때마다 하시던 어머님 말씀을 요즈음 다 큰 딸아이에게 하는 자신을 발견하곤, 속으로 서글픈 웃음을 짓게 된다.

어머니의 사랑을 읊은 명시들이 많지만, 동양에선 8세기 당唐의 시인 맹교孟郊의 〈떠도는 아들의 노래遊子吟〉가 오래 애송되었다.

자애로운 어머님 손에 들린 실,
떠도는 아들의 몸에 걸친 옷.
떠날 때 촘촘히 꿰매셨으니,
더디더디 돌아올까 걱정하셨음이라.
누가 말했던가, 한 치 풀의 마음이라도
석 달 봄의 햇살을 보답하리라.

慈母手中線
遊子身上衣
臨行密密縫
意恐遲遲歸
誰言寸草心
報得三春暉

효도는 힘들다. 보통 사람들에게 효도는 늘 뒤늦게 마음속으로 하는 무엇이다. "내리 사랑은 있어도, 치사랑은 없다"는 옛 얘기는 생물학적 근거를 지녔다.

그래서 사람의 됨됨이를 가늠하는 데서 효도는 믿을 만한 지표가 된다. 모질거나 사악한 사람들도 자식들을 끔찍이 아끼는 것은 흔히 보지만, 효자, 효녀, 효부로서 악인인 경우는 정말로 보기 힘들다. 특히 효부는.

부모가 되어봐야, 부모 심정을 안다는 얘기는 물론 맞다. 세상 모든 일이 실제로 해봐야 제대로 알게 되지만, 부모 심정은 특히 그렇다.

낙엽이 우수수 떨어질 때,
겨울의 기나긴 밤,
어머님하고 둘이 앉아
옛 이야기 들어라.

나는 어쩌면 생겨 나와
이 이야기 듣는가?
묻지도 말아라, 내일 날에
내가 부모 되어서 알아보랴?

가사가 되어 널리 알려진 소월素月의 〈부모〉는 그 사실을 아련한 그리움으로 일깨워준다. 그렇긴 하지만, 불효를 지을 때도 우리는 알았다, 부모가 돌아가신 뒤에 우리가 깊이 후회하리라는 것을. 후회할 줄 알면서도, 우리 마음의 결이 그렇게 나서, 부모 마음을 아프게 해드렸던 것이다. 아놀드 베네트의 말대로, "그것이 인생이다.That's what life is"

안식구가 직장에 다닐 때, 장인께서는 아침마다 딸의 구두를 닦아놓으셨다고 했다. 이제는 안식구가 직장도 없는 딸아이의 구두를 닦아놓는다. 그런 안식구의 모습을 보노라면, 로버트 헤이든Robert Hayden의 〈그 겨울 일요일들Those Winter Sundays〉이 떠오른다.

일요일에도 아버지는 일찍 일어나
암청색 추위 속에서 옷을 입고
주일 날씨 속의 노동으로 욱신대는 갈라진 손으로
불씨를 살려 불을 지폈다.
누구도 그에게 고맙다는 말을 한 적이 없었다.

나는 깨어나 추위가 갈라지고 부서지는 것을 들었다.
방들이 따스해지면, 그는 부르곤 했다,
그러면 나는 천천히 일어나 옷을 입었다,
그 집의 만성적 분노를 두려워하면서,

추위를 몰아내고

내 좋은 구두까지 닦아놓은 그에게

무심히 말하면서.

내가 무엇을 알았던가, 내가 무엇을 알았던가,

사랑의 엄격하고 외로운 과업들에 대해서?

 Sundays too my father got up early

and put his clothes on in the blueblack cold,

then with cracked hands that ached

from labor in the weekday weather made

banked fires blaze. No one ever thanked him.

I'd wake and hear the cold splintering, breaking.

When the rooms were warm, he'd call,

and slowly I would rise and dress,

fearing the chronic angers of that house,

Speaking indifferently to him,

who had driven out the cold

and polished my good shoes as well.

What did I know, what did I know

of love's austere and lonely offices?

추억 속의 **고개**

우리 삶에서 고개가 사라졌다. 자동차를 타고 여행하게 된 뒤로, 우리는 고개를 넘으면서도 고개를 특별히 의식하지 못하게 되었는데, 이제 어지간한 산줄기마다 터널이 뚫려서, 고개 자체가 없어지고 있다.

옛 사람들의 삶에서 고개는 무척 중요했다. 높은 산줄기를 넘으려면, 꼭 고개를 넘어야 했다. 그래서 고개는 여행과 교역에서만 아니라 군사적으로도 중요했다.

군사적 요충으로 가장 유명했던 것은 그리스의 테르모필레Thermo-pylae의 고개다. 기원전 480년 페르시아 전쟁에서 스파르타 국왕 레오니다스Leonidas 1세가 이끈 작은 스파르타 군대는 이 고개를 지키며 페

르시아 대군과 사흘을 맞서다 모두 죽었다. 시모니데스Simonides가 이 영웅들을 위해 지은 비명碑銘은 2천 년 넘게 사람들의 심금을 울렸다.

나그네여, 가서 스파르타 사람들에게 전해주시오,
그들의 법을 지켜 우리 여기 누웠노라.

Go, tell the Spartans, thou who passest by,
That here obedient to their laws we lie.

— 영역 : 머케일(John William Mackail)

테르모필레는 현대에서도 군사적 중요성을 잃지 않았다. 2차대전이 한창이던 1941년 오스트레일리아와 뉴질랜드의 혼성 부대ANZAC는 테르모필레에서 우세한 독일군에 대해 후위작전을 펼쳐 닷새 동안 버텼다.

우리 역사에서 군사적으로 가장 유명한 고개는 백제의 충신 성충成忠이 옥에 갇혀 죽게 되었을 때 의자왕義慈王에게 올린 글에서 언급한 침현沈峴일 것이다. "만약 다른 나라 군대가 다가오면, 육로로는 침현을 넘지 못하게 하고, 수군은 기벌포 해안에 들어오지 못하게 하소서若異國兵來 陸路不使過沈峴 水軍不使入伎伐浦之岸"라는 성충의 계책에 나온 침현은 탄현炭現으로도 불렸는데, 정확한 위치는 아직 고증되지 않았다.

지정학적으로 가장 중요한 고개는 자비령慈悲嶺이었다. 고대에 절령으로 불린 이 고개는 황해도 북부 황주, 봉산, 서흥의 세 고을이 만나는 곳에 있는데, 멸악산맥의 줄기로 높이는 489미터다.

고려조까지 이 고개는 우리나라의 마지막 방어선으로 여겨졌다. 고려 성종成宗 12년993에 거란족 왕조 요遼가 쳐들어왔을 때, 고려 조정의 중신들은 관서 지방을 요에게 떼어주고 자비령을 국경으로 삼자고 주장했고 성종도 그 주장을 따랐다. 고려 국토가 보전된 것은 오로지 중군사中軍使 서희徐熙 장군의 공이다. 실제로 뒤에 자비령은 원元과의 국경이 되었다.

고려조에서 서북쪽 사람들이 중앙 정부에 모반하면, 으레 자비령을 경계로 삼았다. '묘청妙淸의 난'과 '조위총趙位寵의 난'이 그러했고, 원과의 국경이 자비령으로 정해진 것도 실은 서북쪽에서 세력이 있던 최탄崔坦이 자비령 이북의 땅을 들어 원에 귀순했기 때문이었다.

고개는 옛 사람들의 일상생활에서 중요한 요소였다. 고개를 오르는 일은 힘들 뿐 아니라, 도둑이 들끓던 시절에는 위험하기도 했다. 그래서 고개 너머로 시집간 여인은 쉽게 친정에 돌아올 수 없었다. 그리고 먼 길을 가는 사람을 고개 마루에서 송별하곤 했다.

반야월이 가사를 쓰고, 김교성이 곡을 만들고, 박재홍이 불렀던 '울고 넘는 박달재'는 이런 모습을 잘 그렸다.

천둥산 박달재를 울고 넘는 우리 님아,
물항라 저고리가 굳은 비에 젖는구려.

'울고 넘는 박달재'는 지금도 노소가 함께 즐기는 노래다. 그래도 노래방에서 젊은이들이 그 노래를 부르면, 나는 '허위단심으로 고개를 올라본 경험이 없을 젊은이들이 과연 저 노래의 깊을 맛을 알까?' 하는 생각이 든다. 그러고 보면, 요새 젊은 작가들이 쓴 작품에 고개가 나오는 경우는 드물다.

고개를 소재로 한 시들 가운데 내가 특히 좋아하는 작품은 누가 지었는지 알려지지 않은 옛 시조다.

바람도 쉬어 넘난 고개 구름이라도 쉬어 넘난 고개
산진山眞이 수진水眞이 해동청海東靑 보라매라도 다 쉬어 넘난
고봉高峰 장성령長城嶺 고개
그 너머 님이 왔다 하면 나난 아니 한 번番도 쉬어 넘으리라

이 시를 낭송하면, 내 가슴에는 늘 그리움의 물살이 시리게 인다. 그러나 장성령 고개라는 높은 고개를 떠올리는 마음에는 옛 사람과 지금 사람이 다를 수밖에 없을 것이다. 그리고 지금 사람들도 나이 든 세대

와 젊은 세대가 다를 것이다.

세월이 흐르면, 세상이 바뀌고 사람들의 감성도 따라서 바뀐다. 그리고 감성이 바뀌면, 문학작품도 바래거나 뜻이 달라지게 된다. '보릿고개'라는 말에 담긴 절실함을 비만을 걱정하는 젊은이들이 어떻게 느낄 수 있겠는가?

고개가 사라지는 것은 좋은 일이다. 그래도 고개라는 말이 뜻을 점차 잃어간다는 생각은 나이 든 사람들의 가슴에서 서글픔의 물결을 일으킬 터이다.

처서 가까운 **새벽에**

이웃집 닭 우는 소리에 잠이 깨면, 창으로 들어오는 바람에서 서늘한 기운이 느껴진다. 긴 무더위도 이제 고비를 넘은 듯하다. 이번 더위가 유난히 길기도 했지만, 어지러운 세상이 우리 삶을 견디기 어려울 만큼 무덥게 했다.

그래도 세월은 흐르고, 서늘한 바람은 찾아온다. 하긴 이제 처서가 며칠 남지 않았다. 박성룡朴成龍의 〈處暑記처서기〉를 뇌어본다.

처서 가까운 이 깊은 밤
천지를 울리던 우레소리들도 이젠
마치 우리들의 이마에 땀방울이 걷히듯

먼 산맥의 등성이를 넘어가나보다.

역시 나는 자정을 넘어
이 새벽의 나른한 시간까지는
고단한 꿈길을 참고 견뎌야만
처음으로 가을이 이 땅을 찾아오는
벌레 설레이는 소리라도 듣게 되나보다.

그렇다. 벌레 소리에 실린 가을의 기척을 들으려면, "고단한 꿈길을
참고 견뎌야만" 하는 것이다. 가슴속 걱정과 울화를 삶을 지탱하는 에
너지로 바꿀 길을 찾으려 애써야 하는 것이다. 그것이 결코 쉽지 않으
리라는 사실을 연신 스스로에게 이르면서.

어떤 것은 명주실같이 빛나는 시름을,
어떤 것은 재깍재깍 녹슨 가윗소리로,
어떤 것은 또 엷은 거미줄에라도 걸려
파닥거리는 시늉으로
들리게 마련이지만, 그것들은 벌써 어떤 곳에서는
깊은 우물을 이루기도 하고
손이 시릴 만큼 차가운 개울물 소리를
이루기도 했다.

가만히 마음의 귀를 기울이면, 가을의 기척은 가까이서 난다. 세상
이 어지러워도, 오는 것은 오고 가는 것은 간다.

처서 가까운 이 깊은 밤

나는 아직 깨어 있다가

저 우레소리가 산맥을 넘고 설레이는 벌레 소리가

강으로라도, 바다로라도, 다 흐르고 말면

그 맑은 아침에 비로소 잠이 들겠다.

세상이 유리잔같이 맑은

그 가을 아침에 비로소

나는 잠이 들겠다.

문득 자리에서 일어나 어디 한적한 곳으로 바람 쐬러 가고 싶은 생
각이 인다. 조간 신문에서 본, 사람 손길을 탄다는 청계천변의 사과가
떠오른다. 여름을 꼬박 서울에서 보낸 탓인지, 그 풋사과가 그리도 싱
그럽게 보였다.

과목에 과물果物들이 무르익어 있는 사태처럼

나를 경악驚愕케 하는 것은 없다.

뿌리는 박질薄質 붉은 황토에

가지들은 한낱 비바람들 속에 뻗어 출렁거렸으나

모든 것이 멸렬滅裂하는 가을을 가려 그는 홀로
황홀한 빛깔과 무게의 은총을 지니게 되는

과목에 과물果物들이 무르익어 있는 사태처럼
나를 경악驚愕케 하는 것은 없다.

"흔히 시를 읽고 저무는 한 해, 그 가을에도
나는 이 과목의 기적 앞에 시력을 회복한다."

— 박성룡, 〈과목(果木)〉

벌써 조생종 사과는 제법 맛이 들었다. 더위에 지치고 걱정과 울화
로 시달리는 우리 일상에도 그럭저럭 가을이 오나 보다. 요즈음 눈이
흐릿하다. 시력을 회복하기 위해서라도 어디로 바람 쐬러 나가야 할
모양이다.

공산 빈깍지 그 **희멀건 공백**에는

도스토예프스키의 〈도박자〉는 위험의 상한을 스스로 정하지 못하는 '강박적 도박자compulsory gambler'의 심리를 잘 그렸다. 도박에 빠져 신세를 망친 문인들이야 물론 많지만, 〈도박자〉만큼 뛰어난 작품은 아직 없는 듯하다.

강박적 도박자가 아닌 사람도 어쩌다 노름을 하게 되면, 판단이 거의 마비된다. 물론 나중에는 후회막급이고. 그런 상황을 잘 그린 작품은 이형기李炯基의 〈반딧불〉이다.

심사가 산란하면 노름이 안 된다. 그날 밤 나는 잃고 잃고 또 잃었다. 공산 빈깍지 그 희멀건 공백에는 달이 뜨지 않고 나를 배반한 그 여자 얼굴이 떠올랐다. 그 여자 얼굴에 나는 천씨씨짜리 생맥주를 드리 부었다. 그러고 나니 사당동舍堂洞 밤길에는 정말 달이 뜨지 않았다. 옛날엔 남사당패가 살았다는 그 사당동舍堂洞 예술인마을이다. 저건 뭔가. 아, 반디! 마을앞길 풀섶에서 뜻밖에도 이십二十년만에 나는 한점 반딧불을 보았다.

이형기는 1933년에 경남 진주에서 태어났는데, 1950년 진주농림학교에 다니던 학생 신분으로 《문예文藝》의 추천을 받을 만큼 시재가 뛰어났다. 시재를 너무 일찍 드러낸 시인은 조로하는 경향이 있는데, 이형기는 말년까지 원숙한 작품들을 썼다.

요즈음 '바다 이야기'라는 도박에 관련된 추문으로 온 사회가 떠들썩하다. 현 정권 아래서 갖가지 추문들이 나왔지만, 이번 추문은 특히 더럽다.

먼저, 추문의 본질이 권력의 부패다. 이런 종류의 추문들에선, 불법적 영업을 하는 사람들과 범죄 조직과 단속 기관들이 결탁하는 것이 상례다. 이번 추문에는 권력을 쥔 사람들이 먹이사슬의 정점에 자리 잡아 큰 이득을 얻었다. '바다 이야기'와 같은 게임 형태 도박의 성행으로 가진 것을 잃은 사람들은 대부분 가난하고 무지한 시민들이다. 결국 권력을 누리는 사람들이 가난하고 무지한 사람들의 재산을 앗아간 셈이다.

게임 형태의 도박은 해악이 특히 심하다. 종래의 노름들은 사람들이 모여서 서로 겨루었다. 그래서 돈을 잃어도 어느 정도 한도가 있었고, 본인이 어느 정도 자신을 통제할 수 있었다. 그러나 '바다 이야기'와 같은 도박은 혼자 기계와 하므로, 도박자가 자신을 통제할 여지가 없다. 게다가 도박자의 심리를 이용하도록 설계되어서 중독성이 특히 강하다. 돈이 있는 한, 도저히 도박을 끝내고 일어설 수 없다.

그나마 '바다 이야기'는 일본의 도박 프로그램을 거의 그대로 베낀 것이라 한다. 일본의 원작자가 문제를 삼으려 한다는 얘기도 들린다. 인기 없는 정치 지도자가 주기적으로 '반일'을 구호로 내세워서 지지도를 높이는 사회에서 막상 핵심적인 것들은 일본 것을 통째로 본받고 표절한다는 사실이 씁쓸하다.

우리 사회에서 도박은 점점 큰 문제가 되고 있다. 전에는 정신을 차리게 해주는 반딧불이라도 있었다. 이제는 시골에서도 반딧불을 보기 힘들다.

그래도 어느 사이에 처서가 지나고 가을의 기척은 정색하고 다가온다. 이형기의 절창 〈가을 변주곡變奏曲〉을 읊으면서, 비구름 너머에서 기다리는 노란 가을 햇살을 생각해본다.

가는 자 이와 같은 강물이 흐른다

철환천하轍環天下의 여수旅愁에 물든

전국각지戰國各地의 저녁노을

인간의 소망은 슬프다고 하지만

여자들은 싱싱하기 배추포기 같다

사대부士大夫의 수레가 지나가며 훔쳐보는

전국시대戰國時代의 여자들의 종아리

언제는 전국시대戰國時代 아닌 때가 있었던가

그때나 이때나

소국小國 노魯 나라의 우리집 뜨락엔

가을이 마지막 햇볕을 쏟고

그때나 이때나 슬픈 소망은

한결같이 하얗게 바래지고 있는 것을

첫 줄은 공자가 시내 위에서 하신 말씀 "가는 자는 이와 같아서, 밤낮으로 쉬지 않는다.逝者 如斯夫 不舍晝夜"를 원용한 것이다.

노름을 경계한 격언들은 많다. 그러나 종래의 노름들과 지금의 도박들과는 성격이 크게 다르다. 지금 도박들은 모두 정부로부터 허가 받은 도박장들이 운영한다. 그런 도박들에선 고객들이 일방적으로 돈을 잃는다. 예외는 없다.

그런 사실을 잘 모르고 도박이나 복권에 투자하는 사람들은 대부분 가난한 사람들이다. 그 사실이 늘 내 속을 쓰리게 한다.

그러나 도박이나 복권을 막기는 어렵다. 며칠 전 "언젠가 한번은 내게도 운이 터지겠지 하고 기다리는 것이 나 같은 서민의 유일한 희망인데, 그것마저 없애려느냐"는 어떤 택시 기사의 항변이 신문에 실렸다. 도박의 실상과 정책에 관한 글들을 여러 편 쓴 나도 그런 항변 앞에선 할 말이 없다. 평생 가난한 삶을 꾸리셨던 내 어머님도 매주 가냘픈 희망 한 줄기를 복권 한 장에 거셨었다.

원수대元帥臺 앞엔 바다가 하늘과 닿았느니

며칠 전 서울시에서 공무원을 뽑는 데 젊은이들이 많이 몰렸다. 천 명이 채 못 되는 사람들을 뽑는데, 무려 15만 명이나 지원했다 한다. 젊은이들이 일자리를 얻기가 어려운 사정을 잘 보여준다.

지금 우리 사회의 여러 경제 지표들이 모두 걱정스럽지만, 높은 청년 실업률은 특히 걱정스럽다. 개인적으로나 사회적으로나 지식의 낭비를 뜻하기 때문이다.

지식이 점점 빠르게 쌓이는 터라, 요즈음엔 지식의 노후화obsolescence도 점점 심해진다. 자연과학 분야들에선 특히 그러해서, 십 년 전 지식들 가운데 낡지 않은 것들은 드물 정도다. 일자리를 얻지 못하면 젊은

이들이 지닌 지식들은 쓰이지 못한 채 그냥 녹슬게 된다.

이것은 물론 당사자들에게 큰 불행이다. 그러나 여기엔 심각한 사회적 함의도 있다. 새로 들어온 젊은이들을 통해서, 기업들은 새로운 지식들을 흡수한다. 젊은이들을 제대로 받아들이지 못하니, 기업들은 낡은 지식들을 지니고서 경쟁하게 된다. 당연히, 활력과 경쟁력이 줄어들게 된다.

현 정권은 공무원들이나 준공무원들을 꾸준히 늘려왔다. 그러나 그것은 병보다 못한 치료다. 세금을 거두어 그런 일자리를 늘린다고 사회의 일자리 총수가 늘어나는 것은 아니다. 오히려 세금이 많아지고 상대적으로 비효율적인 정부 부문이 커져서, 사회의 일자리도 생산성도 함께 줄어든다.

특히 마음에 걸리는 것은 공무원의 인기가 부쩍 높아진 현실이다. 자신의 적성이나 희망과는 상관없이, 그저 안전한 일자리를 찾는 젊은이들이 안쓰럽다. 세계를 무대로 활약하겠다는 젊은이들이 드물어지고 똑똑한 젊은이들이 그저 관료 조직 속에 들어가서 안전하게 살아가겠다고 마음 먹으면, 그 사회의 앞날이 밝을 수는 없다.

그런 사정을 반영한 듯, 요즈음 젊은이들이 쓰는 작품들은 모두 자질구레하다. 심지어 무위도식하는 젊은이들의 삶을 그린 '백수 문학'

이 중요한 추세로 주목을 받는다. 신춘문예에 응모한 소설 작품들을 심사하다 보면, 거의 다 일자리를 얻지 못했거나 변변치 않은 날품팔이를 하는 젊은이들의 얘기들뿐이어서, '과연 이런 작가 지망생들이 나중에 무슨 작품들을 쓸까?'하고 겁이 날 지경이다. 그런 주인공들의 눈에 들어오는 세상의 모습이 한결 같이 부정적인 것은 당연하다. 주인공은 체제에 적대적이고 비관적 전망을 지니고 상투적이고 얕은 관찰을 한다. 중요한 분야에서 큰 가치를 생산하는 일을 해야, 비로소 사회의 움직임이 제대로 눈에 들어오고 관찰도 깊어진다.

자연히, 그런 부실한 이야기를 작품 속 인물들의 별난 행위들로 덮으려는 충동이 나온다. 근년에 유행한 '엽기'의 정체가 아마도 그것일 터이다.

문학이 사회의 모습을 반영하므로, 건강하고 자라나는 사회는 건강하고 힘찬 문학작품들을 낳는다. 대표적인 것은 당唐 제국 초기의 시다.

황하는 멀리 흰 구름 사이로 오르고
외로운 성 하나 만 길 산 위에 있네.
오랑캐 피리는 하필 〈버들 꺾는 노래〉를 원망하는가?
봄빛은 옥문관을 넘지 않는데.

黃河遠上白雲間

一片孤城萬仞山

羌笛何須怨楊柳

春光不度玉門關

7세기 당이 흥륭할 때 살았던 왕지환王之渙의 절창 〈양주의 노래凉州詞〉는 힘차게 뻗는다.

그러나 755년에 안록산이 반란을 일으키면서, 당은 급속히 쇠약해졌다. 그런 사정은 시에 반영되어, 힘차고 밝은 시들은 보기 어렵게 되었다.

우리 사회는 긴 문학 전통을 지녔다. 그러나 힘찬 시들은 드물다. 지금도 여성적 정서가 우리 시단의 주조다.

우리 시단의 힘찬 작품으로는 조선 중기의 시인 백호白湖 임제林悌의 〈경성 판관에 부임하는 황경윤을 보내며送黃景潤爲鏡城判官〉가 아마 으뜸일 것이다.

원수대 앞엔 바다가 하늘과 닿았으니,

일찍이 붓과 칼을 지니고 군진의 요에 취해 누웠었네.

음산은 팔월에도 늘 눈이 날리느니,

때로 큰 바람을 타고 술자리에 떨어지네.

元帥臺前海接天

曾將書劍醉戎氈

陰山八月恒飛雪

時逐長風落舞筵

　　백호는 시재만이 아니라 기개도 뛰어난 인물이었다. 그가 평안도 도사都事로 부임하는 길에 송도의 한길 가에 있는 황진이黃眞伊의 무덤에 글을 지어 제사를 지냈다가 벼슬하는 양반이 기생의 무덤에 제사를 지냈다고 큰 비난을 받은 일화는 널리 알려졌다.

　　그가 병으로 죽게 되었을 때, 아들들이 슬피 울자, 그는 말했다, "사해四海의 여러 나라들 가운데 황제를 칭하지 않은 나라가 없는데, 오직 우리나라만 끝내 그렇게 하지 못했다. 이토록 비루한 나라에서 살았으니, 죽는다고 서러워할 게 못 된다. 내가 죽거든 곡을 하지 말아라."

　　현대의 작품들 가운데는 남성적 정서를 지녔던 육사陸史, 파인巴人, 청마靑馬의 작품들 가운데 힘찬 시들이 많다. 육사의 〈광야曠野〉는 널리 애송된다. 독립운동을 하다 일본 경찰에 쫓기는 처지에서 쓴 〈절정絶頂〉은 1940년에 발표되었는데, 그 치열함이 읽는 이의 마음의 옷깃을 여미게 한다.

　　매운 계절의 채찍에 갈겨

마침내 북방으로 휩쓸려 오다.

하늘도 그만 지쳐 끝난 고원
서릿발 칼날진 그 위에 서다.

어디다 무릎을 꿇어야 하나
한 발 재겨 디딜 곳조차 없다.

이러매 눈 감아 생각해 볼밖에
겨울은 강철로 된 무지갠가 보다.

누구를 위하여 종은 울리나

지난 10월 7일 모스크바에서 여기자 한 사람이 살해되었다. 몸과 머리에 총탄을 맞았는데, 옆에 권총이 놓여 있어서, 러시아에 만연한 청부 살인임을 보여주었다. 그녀의 죽음이 러시아 정부의 언론 탄압에서 나왔음이 분명했으므로, 그 사건은 온 세계의 주목을 받았고 우리 사회에도 보도되었다.

안나 폴리트코프스카야Anna Politkovskaya라는 이름은 우리에게 낯설다. 그러나 중요한 것은 물론 이름이 아니다. 중요한 것은 그녀의 삶과 우리의 삶이 한 뿌리에서 나왔고 함께 인류를 이루었다는 사실이다.

누구도 자족한 섬이 아니다; 사람은 누구나 대륙의 한 조각, 큰 덩

치의 한 부분이다. 만일 흙덩이 하나가 바닷물에 씻겨나간다면, 유럽은 그만큼 줄어들 것이다, 마치 갑岬이 씻겨나간 것처럼, 마치 그대 친구의 또는 그대 자신의 집이 씻겨나간 것처럼: 내가 인류에 연관되었으므로, 어떤 사람의 죽음도 나를 작게 만드느니, 결코 사람을 보내지 말아라, 누구를 위하여 종은 울리나 알아보라고; 그것은 그대를 위해 울린다.

No man is an island, entire of itself; every man is a piece of the continent, a part of the main. If a clod be washed away by the sea, Europe is the less, as well as if a promontory were, as well as if a manor of thy friend's or of thine own were: any man's death diminishes me, because I am involved in mankind, and therefore never send to know for whom the bell tolls; it tolls for thee.

영국의 승직자이자 시인이었던 존 던John Donne의 명상 "드러나는 사건들에 관한 기도들Devotions upon Emergent Occasions, XVII"의 이 잘 알려진 구절은 우리에게 그 사실을 다시 일깨워준다. 그녀를 위해 울리는 종은 우리 가슴에 길고 긴 여운을 남긴다.

주간지 《이코노미스트The Economist》의 부고obituary는 "그녀가 믿을 수 없을 만큼 용감했다She was brave beyond belief"고 썼다. 러시아와 같은 압제적이고 무법적인 사회에서 정직한 보도는 바로 권력의 뜻을 거스르게 마련이다. 그녀는 '체첸 전쟁'의 실상을, 특히 러시아 군대에 의해 저질러진 만행들과 러시아 병사들이 겪는 어려움들을, 그대로 보도했다. 많은 살해 위협에도 불구하고, 그녀는 줄곧 썼다, 정직하게.

그녀는 체첸 전쟁의 가장 나쁜 효과는 바로 러시아 자신에게 닥쳤다고 판단했다. 그리고 블라디미르 푸틴 정권은 더할 나위 없이 야만적이고 속속들이 썩었다고 말했다. 그녀가 청부 살해로 죽은 것이 조금도 이상하지 않다. 그녀가 죽은 뒤 나흘이 지나서야, 푸틴 대통령은 마지못해 그녀의 살해를 조사하겠다고 발표했다.

지금 우리 사회에서도 비판적 신문들은 집권 세력에 의해 갖가지 방식들로 위협과 박해를 받는다. 국제 기구들의 객관적 평가도 근년에 우리 사회에서 언론의 자유가 많이 줄어들었음을 보여준다. 그래서 폴리트코프스카야를 애도하는 종은 우리 가슴에 더욱 아프게 울린다. 그것은 우리를 위해 울린다.

1999년에 제2차 체첸 전쟁이 시작된 뒤, 체첸 지역은 저널리스트들에겐 세계에서 가장 위험한 곳이 되었다. 그래서 모스크바에 근거를 둔 기자들은 그곳을 거의 찾지 않았다. 어쩌다 찾게 되면, 대낮에 무장 경호원들을 대동했다. 그녀는 혼자서 그곳을 50번 가량 찾았고 여러 날 머물렀다고 한다. 도대체 그런 용기는 어떻게 나오는가?

그녀에게 도움을 청한 사람들도 많았고 그녀는 그들을 돕기 위해서
애썼다고 한다. 용기와 따스함이 함께 한 것이다. 사람의 마음은 참으
로 경이롭다.

아마도 그런 용기와 따스함의 원천은 변영노卞榮魯가 〈논개論介〉에서
"거룩한 분노"라고 표현한 감정이었을 것이다.

거룩한 분노는
종교보다도 깊고
불붙는 정열情熱은
사랑보다도 강하다
아 – 강낭콩 꽃보다 더 푸른
그 물결 위에
양귀비 꽃보다도 더 붉은
그 마음 흘러라

아릿답던 그 아미娥眉
높게 흔들리우며
그 석류 속 같은 입술
'죽음'을 입맞추었네!
아 – 강낭콩 꽃보다 더 푸른
그 물결 위에

양귀비 꽃보다도 더 붉은

그 마음 흘러라

흐르는 강물은

기리 기리 푸르리니

그대의 꽃다운 혼

어이 아니 붉으랴

아 – 강낭콩 꽃보다도 더 푸른

그 물결 위에

양귀비 꽃보다도 더 붉은

그 마음 흘러라!

프랑스 작가 앙드레 쉬바르츠-바르트Andre Schwarz-Bart의 소설 〈정의로운 사람들의 마지막 사람Le Derniere des Justes〉에는 유대인들 사이에 내려오는 '정의로운 사람들의 전설'이 먼저 소개된다. 그 전설에 따르면, 이 세상은 36명의 정의로운 사람들Lamed-Vov 위에 얹혔는데, 만일 정의로운 사람이 하나라도 부족하면, 이 세상은 숨이 막힐 만큼 큰 괴로움을 겪는다. 정의로운 사람들은 세상의 가슴들이어서, 우리의 모든 슬픔들이 그들의 가슴들로 흘러 들어가기 때문이다.

정의로운 사람들은 보통 사람들과 외모가 같고 흔히 그들도 자신들의 정체를 모른다. 그렇게 자신의 정체도 임무도 모르는 정의로운 사람들은 특히 큰 괴로움을 겪기 때문에, 그들은 넋마저 얼어붙는다.

정의로운 사람들에 관한 수많은 이야기들 가운데 하나는 그들의 모습을 이렇게 그렸다.

알려지지 않은 정의로운 사람이 하늘나라에 오르면, 그는 하도 얼어 붙어서, 그의 넋이 천국을 향해 열리려면, 신이 그를 자신의 손가락들 사이에서 천 년 동안 따습게 해야 한다. 그리고 몇은 사람들의 불행 때문에 영원히 위로 받을 수 없어서, 신조차도 그들을 따습게 할 수 없다. 그래서 때때로 창조주는, 그의 이름은 축복받을지어라, 최후의 심판의 시계를 일 분 당겨 놓는다.

When an unknown Just rises to Heaven, he is so frozen that God must warm him for a thousand years between His fingers before his soul can open itself to Paradise. And it is known that some remain forever inconsolable at human woe, so that God Himself cannot warm them. So from time to time the Creator, blessed be His Name, sets forward the clock of the Last Judgment by one minute.

— 영역 : 스티븐 베커(Stephen Becker)

온 길이 천리나 **갈 길은 만리다**

'민족 대이동'이라는 추석이 다가온다. 고향을 찾고 헤어졌던 혈육들과 옛 벗들을 만나고 선산에 성묘도 하니, 모두 즐겁다. 물론 고향을 찾지 못하는 사람들은 그만큼 마음이 안타까우리라. 당장 떠오르는 것이 북한에서 탈출한 사람들의 딱한 처지다.

> 구월 구일에 망향대에 오르니
> 다른 자리에선 타향의 손을 보내는 술잔이 오간다
> 내 마음은 이미 남쪽 땅 어려움이 지겨운데
> 기러기들은 어이 북녘에서 날아오는가

九月九日望鄉臺

他席他鄉送客杯

人情已厭南中苦

鴻雁那從北地來

7세기 당_唐의 시인 왕발_{王勃}의 〈촉 땅에서 맞은 구일_{蜀中九日}〉은 천 년 넘은 지금 여기서 추석을 맞는 북녘 출신 시민들의 마음을 그리도 잘 대변한다.

음력 구월 구일은 중양절_{重陽節}이라 불리는데, 중국에서는 높은 곳으로 오르는 '등고_{登高}'의 풍습이 있었다. 옛 사람이 도술을 잘 아는 스승의 말씀을 따라 구월 구일에 높은 곳으로 피신하여 액을 면했다는 일화에서 유래했다.

추석이면 이국의 동포들도 고국이 새삼 그리울 터이다. '재외동포재단'이 공모한 금년 '재외동포문학상'에서 단편 부문 대상을 받은 김선진의 '수상 소감'에 이런 구절이 있다.

"내가 진행하던 라디오 생방송 중에 청취자들의 전화를 직접 받는 코너가 있었다. 하루는 연세 많으신 어르신이 전화를 하셨길래 으레껏 어디 사는 분이냐고 여쭤 봤더니, '나도 몰라. 도대체 여기가 어디인지 동네 이름도 못 외우겠어. 허허. 나는 내가 어디 사는지도 모르고 사는 바보 노인네요'라고 말씀하셨다.

뭘 하시던 중이냐고 했더니 '애들이야 먹고 사느라 바빠서 새벽에 나가 밤중에 오고 남의 나라에 와 길도 모르고 차도 없고 말도 못하는 신세인 나야 그저 맨날 혼자 집이나 지키고 앉아있지'라고 대답했다.

사람 목소리가 그리워서 라디오를 듣다가 한국말로 얘기를 하고 싶어 전화를 했다는 그 어르신은 한숨 섞인 넋두리로 지나온 세월들을 쉼 없이 풀어놓았다. 스튜디오 밖에서는 목에다 손을 대며 적당히 말을 끊으라는 사인이 들어오는데 결국 음절 박자 엉망인 '봄날은 간다'라는 노래까지 다 들어드린 후에야 겨우 전화를 끊을 수 있었다. 그러고 나서 울음기 섞인 목소리로 다음 순서를 연결했다.

그날 '연분홍 치마가 봄바람에 휘날리더라…' 그 노래에 가슴 한켠이 찡해졌던 건 나만이 아니었는지 방송이 끝나고 많은 청취자들에게서 전화가 왔었다. 돌아가신 부모님 생각에 가슴이 아팠다는 사람도 있었고, 세탁소에서 일하다가 문득 집에 혼자 계신 아버지 생각에 눈물이 났다는 사람도 있었다. 낯선 땅에 와서 겪는 마음 고생들이 안쓰러워 계산대 밑에 고개 숙이고 몰래 훌쩍거렸다는 사람도 있었다.

다들 제 몫의 쓸쓸함과 그리움을 견디면서 살아가고 있음을 새삼

스레 느끼며 작은 위로를 받았던 날이었다.”

자기가 태어난 곳에서 다른 곳으로 옮아가는 일은 힘들고 괴롭다. 그것은 모든 생명체들에게 적용되는 얘기다. 그래서 “조국을 언제 떠났노 / 파초의 꿈은 가련하다”는 김동명金東鳴의 시구가 언제 들어도 새로운 것이리라.

며칠 전 시인 황인숙黃仁淑의 산문집 〈목소리의 무늬〉에 나온 일화가 내 마음에 오래 머물렀다.

“20년쯤 전, 내 친구가 프랑스의 소도시에 있는 대학교로 어학 연수를 갔을 때 겪은 일이다. 그 고장에 사는 한 가족이 저녁 식사 자리에 내 친구를 포함한 몇 명의 한국인 연수생들을 초대했다고 한다.

무슨 영문인가 했더니 그 집에 한국 태생 입양아가 있었다고 한다. 그 애의 양부모가 그 애를 생각해서 한국 학생들을 초대한 것이다.

두 살쯤 된 아이였는데 양부모가 그 애를 무척 사랑하는 것 같았다고 한다. 프랑스 말에 서툴렀을 한국인 학생들과 한국 태생 아이의 프랑스인 양부모가 무슨 얘기를 깊이 나눌 수 있었을까?

양어머니의 한 물음에서 비롯된 장면이 내 친구 가슴속에 지금까
지 남아있다고 한다.

"어부바가 뭐예요? 애가 자꾸 어부바, 어부바 하는데 무슨 뜻인
지 몰라서요⋯."

한국 학생들이 흉내내 보이면서 어부바를 설명하자 그 부인은 '
아!' 깨닫고 즉시 아이에게 등을 돌려대 어부바를 해줬다고 한다.
그 애에게는 이 땅에 분명히 자주 어부바를 해주던 엄마나 할머니
가 있었을 것이다."

낯선 땅 낯선 사람들 사이에 홀로 옮겨 심어진 그 어린 아이에게 남
은 고향의 기억이 '어부바'였다는 사실이 고마워서, 나는 며칠을 두고
혼자 '어부바' 소리를 내곤 했다. 그 외로운 아이가 지닌 심적 자산들
가운데 따스하고 편안한 외할머니(내 생각엔 어부바를 해준 사람은 외
할머니일 가능성이 가장 높다)의 등보다 더 든든한 것이 있을까?

그런 심적 자산을 바탕으로 꿋꿋이 살아서 이제는 청년이 되었을 그
아이의 모습이 눈앞에 어른거린다.

새벽 하늘에 구름장 날린다.
에잇, 에잇, 어서 노 저어라, 이 배야 가자.

구름만 날리나
내 마음도 날린다.

돌아다 보면은 고국이 천리런가.
에잇, 에잇, 어서 노 저어라, 이 배야 가자.
온 길이 천리나
갈 길은 만리다.

파인巴人 김동환金東煥의 〈송화강松花江 뱃노래〉는 고국을 향한 향수를 삶의 동력으로 전환한 힘찬 슬기에서 나왔다. 이 시를 읽으면, 긴 강이 서두름 없이 흘러가는 너른 평원에 섰을 때의 시원스러움이 마음을 씻는다. 실은 그런 시원스러움이 파인의 작품들의 특질이다. 그의 서사시 〈국경의 밤〉은 웅건하다.

파인은 청마靑馬와 함께 한국 시단에서 남성적 정서를 지녔던 대표적 시인이다. 그래서 여성적 정서가 주조인 한국 시단에선 무척 소중한 존재다. 안타깝게도, 그는 6.25때 납북되어 겨우 50세에 문학적 경력이 끝났다. 남성적 정서를 지닌 시인들은 대체로 나이가 들면서 원숙해진다는 사실 때문에, 그의 불운은 더욱 안타깝다.

산을 버렸지 정이야 버렸나,
에잇, 에잇, 어서 노 저어라. 이 배야 가자.

몸은 흘러도
넋이야 가겠지.

여기는 송화강松花江 강물이 운다야.
에잇, 에잇, 노 저어라, 이 배야 가자.
강물만 우더냐
장부도 따라운다.

바다가 보이는 언덕

피서 여행을 떠난 가족들이 많아서, 아파트 주차장이 한산하다. 천장에서 꼬마가 뛰는 소리가 나지 않는 것을 보니, 위층 가족도 피서를 간 모양이다. 문득 떠나고 싶은 충동이 인다. 영국 시인 오든W. H. Auden의 말대로, "열쇠를 던져두고 걸어나가는 것To throw away the key and walk away"엔 마음을, 아니 삶의 모습을, 가볍게 하는 무엇이 있다.

젊었을 때라면, 그런 충동에 몸을 맡기고 훌쩍 떠났을 터이다. 목적지가 따로 없는 여행은 넋을 그리도 자유롭게 한다.

그러나 지금은 떠나고 싶은 충동이 이내 사그라진다. 나이가 들었다는 애기만은 아니다. 이제 여행은 그렇게 가볍게 떠나는 일이 나이다.

특히 피서 여행은. 피서 여행을 제대로 즐기려면, 꼼꼼히 준비해야 한다. 무작정 나섰다가는 더위에 고생만 한다.

현대에서 여행은 이제 큰 산업이 되었다. 외국 여행도 표준화된 상품들 가운데서 하나를 고르는 것이 되었다. 그런 표준화는 값을 크게 낮추고 질을 높여서, 보통 사람들도 먼 곳으로의 여행을 즐길 수 있게 만들었다. 얼마 전에 터키를 다녀온 분이 "이스탄불의 바자에 갔더니, 한국 관광객을 태운 버스가 다섯 대나 있더라"고 거듭 감탄했다. 한 세대 전만 하더라도 말 그대로 꿈꾸지 못한 현실이다.

문명의 발전이 가져온 많은 열매들 가운데서도 편리한 여행은 특히 고맙고 반가운 것이다. 개항 이전의 우리 조상들의 대부분은 평생 태어난 지역 밖으로 나가보지 못했고 고을 밖으로도 몇 번 나가보지 못했으리라는 것을 생각하면, 빠르고 편하고 값싼 여행이 얼마나 큰 복인지 새삼 깨닫게 된다.

그래도 나는 지금보다 훨씬 느리고 힘들었던 젊었을 적의 여행을 아쉬워하는 마음이 들곤 한다. 울퉁불퉁한 길을 낡은 버스를 타고 가면서 창으로 들어온 먼지를 마시던 일이 지금 그리도 그립다. 나이 든 사람이 으레 품는 옛 것에 대한 집착만은 아니다.

당시에는 혼자 호젓한 곳을 찾아서 둘레의 풍광과 사람들이 사는 모습을 살피면서 차분히 즐길 여유가 있었다. 정경에 맞는 시구가 떠오르면, 한 구절 뇌이면서. 때로 낯선 곳 낯선 사람들의 모습에서 촉발된 시상을 다듬으면서.

가는 곳도 묻지 않고 올라탄 버스의 종점에서 내려서 들어본 적 없는 호젓한 마을에 서는 그 자유로움과 설렘을 이제는 맛보기 어렵다. 모든 것들이 규격화되어, 호젓한 곳을 찾기도 어렵거니와 설령 찾았더라도 치르는 값이 상대적으로 너무 크다.

한번 사람들이 많이 모이는 곳을 찾으면, 혼자서 조용히 무엇을 하기는 어렵다. 그런 곳에선 즐기는 방식들이 표준화되었고, 그런 방식에서 벗어나려 애쓰는 것은 사람을 이내 지치게 한다. 눈총을 받기가 십상이다. "바캉스를 즐겨야 한다"는 강박관념에 몰린 사람들 사이에서 명상에 잠기거나 시를 뇌이는 것은 너무 동떨어진다.

창 밖 매미 소리가 크다. 늦잠 자던 딸아이가 "매미 소리가 시끄러워 깼다"면서 웃는다. 어릴 적 뽕나무나 대추나무에서 들리던 쓰르라미 소리보다는 분명히 크다. 둘레의 자동차 소음이 워낙 크다 보니, 짝을 구하려 내는 소리도 클 수밖에.

"칠 년 만에 땅속에서 나와 일주일 살다 가니, 시끄러울 만도 하다"고 안식구가 대신 변명을 해준다. "칠 년이 아니라 십삼 년이나 십칠 년이다”고 내가 냉큼 정정해준다. 딸아이는 미소를 띠고 그저 듣기만 한다. 그러고 보니, 이 일에 관해서는 녀석이 전문가다. 생물학을 전공했으니.

자신의 종種에 전적으로 의지하는 천적이 나오는 것을 피하려고 소수素數인 13이나 17을 주기로 생식하도록 매미가 진화한 것은 참으로 오묘한 이치다. 암호 덕분에 이제 소수의 중요성이 보통 사람들에게 널리 알려졌다. 도대체 소수의 본질은 무엇이고 왜 그것이 존재하는가? 어쩌면 그런 물음보다 더 근본적 물음은 없을지도 모른다. 이 세상의 기본적 ‘문법’은 물리학 법칙인데, 물리학 법칙의 ‘문법’은 수학이고, 수학은 본질적으로 수의 뜻에 관한 학문이다. 그것을 밝힌 진화론도 또한 오묘하다. 무심히 듣는 매미 소리도 그렇게 점차 깊은 성찰로 이끌 수 있다, 우리의 마음에 여유가 있다면. 바로 그런 여유다, 내가 지금 아쉬워하는 것은.

창 밖으로 집들이 들어서서 선이 날카로운 맞은편 언덕이 보인다. 그 너머로 한강이 흐른다. 문득 시구 하나가 떠오른다.

바다가 보이는 언덕에 서면
나는 아직도 작은 짐승이로다.

인생은 항시 멀리
구름 뒤에 숨고

꿈결에도 아련한

피와 고기 때문에

나는 아직도

괴로운 짐승이로다.

그렇다, 우리는 모두 짐승이다. 파스칼의 말대로, 다만 "생각하는" 짐승일 따름이다. 그리고 매미와 같은 곤충과 우리와 같은 짐승은, 실은 갈대와 같은 식물과도, 비록 외형은 크게 다르지만 근본적 수준에선 공유하는 것이 많다는 것을 진화론은 우리에게 또렷이 가르쳐주었다.

그래서 생각하지 않는다면, 때로 깊이 성찰하지 않는다면, 우리는 가장 깊은 뜻에서 '사람답게' 살지 못하는 셈이다. 조지훈의 〈바다가 보이는 언덕에 서면〉은 그 사실을 우리에게 일깨워준다.

모래밭에 누워서

햇살 쪼이는 꽃조개같이

어두운 무덤을 헤매는 망령亡靈인 듯

가련한 거이와 같이

언젠가 한 번은
손들고 몰려오는 물결에 휩싸일

나는 눈물을 배우는 짐승이로다.
바다가 보이는 언덕에 서면.

외진 곳 이름 없는 언덕에서 문득 만났던 젊었을 적 바다가 그립다. 따지고 보면, 그리운 것은 바다가 보이는 언덕이 아니라 사라진 시절인지도 모른다.

창에서 돌아서니, 안식구가 청소기를 돌리다 땀을 씻는다. 문득 미안한 마음에 한마디 한다는 것이 "집을 나서면 고생이지, 뭐." 본능에 충실해서 허튼 짓을 하지 않는 매미들은 여전히 열심히 운다.

좀 서글픈 빛깔을 띤 물음이 슬쩍 고개를 든다: '열세 해 뒤 또는 열일곱 해 뒤, 저 매미들의 자식들이 들려줄 노래를 내가 들을 수 있을까?' 바다가 보이는 언덕에 서면 나는 아직도 작은 짐승이로다.

Joyce Jinn

가도 가도 왕십리 비가 오네

이슬처럼 내리던 비에 어느새 땅이 촉촉해졌다. 유난히 긴 가을 가뭄 끝에 오는 비라서 더할 나위 없이 반갑다.

"예전에 이런 비 올 때, 우산 쓰면 어른들한테 야단맞았는데…" 비에 젖는 나무들을 살피면서, 안식구가 혼잣소리처럼 중얼거린다. 고마운 마음으로 나도 고개를 끄덕인다. 그래도 가을비라, 비에 젖는 풍경엔 좀 쓸쓸한 기운이 돈다.

비가 온다
오누나
오는 비는

올찌라도 한 닷새 왔으면 좋지.

여드레 스무날엔
온다고 하고
초하루 삭망朔望이면 간다고 했지.
가도 가도 왕십리 비가 오네.

웬걸, 저 새야
울려거든
왕십리 건너 가서 울어나 다고
비 맞아 나른해서 벌새가 운다.

천안에 삼거리 실버들도
촉촉히 젖어서 늘어졌다네.
비가 와도 한 닷새 왔으면 좋지.
구름도 산마루에 걸려서 운다.

소월素月의 〈왕십리往十里〉에 대해 목월木月은 "비 오는 날의 속절없이 허전한 감정을 자아내게 한다"고 했다. 간다는 뜻을 품은 "왕십리"와 "오는 비"가 대비되어, 이 시는 읽는 이의 가슴을 촉촉히 적신다.

비가 오면 정인情人을 그리게 마련이다. 9세기 만당晚唐의 시단을 대표한 이상은李商隱의 〈비 오는 밤에 북녘 아내에게 보냄夜雨寄北〉은 그런 심정을 잘 그렸다.

그대는 돌아올 날을 묻지만 기약이 없는데
파산에 밤비 내려 가을 못에 물이 붇네.
어느 날에 마땅히 함께 서창의 촛불 심지를 자르면서
문득 애기할까 파산에 밤비 내리던 때를.

君問歸期未有期
巴山夜雨漲秋池
何當共剪西窓燭
却話巴山夜雨時

파산巴山은 중국의 남서쪽 이상은이 머물던 사천성과 수도 장안長安이 있는 섬서성의 경계를 이룬 산줄기다. 지금은 대파산맥大巴山脈이라 불린다.

만날 기약이 있으면, 희망으로 따스한 그리움은 마음의 활력이 되지만, 만날 수 없다면, 그리움은 속으로 속으로 파고들어 사람을 지치게 한다.

구월 금강산에 쓸쓸한 비가 내리니

빗속 나뭇잎들 모두 가을 소리를 내는구나.

십 년을 혼자 소리 죽여 눈물 흘렸느니

눈물이 옷을 적셔도 헛되이 혼자 슬프다.

九月金剛蕭瑟雨

雨中無葉不鳴秋

十年獨下無聲淚

淚濕袈衣空自愁

　버리고 떠나왔어도, 질긴 인연을 끊기가 쉬울 리 없었을 터이다. 혜정慧定이란 법명만이 알려진 비구니 스님의 〈빗소리 들리는 외로운 절의 가을雨聲孤寺秋〉은 솔직한 토로로 가슴에 깊이 스민다.

　그리움이야 버리고 떠난 사람만이 품는 것은 물론 아니다. 떠난 사람이 자식일 경우엔, 특히 그러하리라. 윤중호의 〈불두화 – 운문사雲門寺에서〉는 자식을 떠나보낸 부모의 마음을 감동적으로 그린다.

　20년 전, 말없이 출가한 딸을 찾으려고 낯선 이곳을 찾아온 늙은 에미가 있었다.

지독한 차멀미를 해가며, 허방 짚듯, 겨우겨우 구름 문턱을 넘었지만, 그 전날 밤 꿈에서 에미를 미리 본 딸은 행장을 꾸려, 빈 절간 새벽바람처럼 떠났다고 했다.

온 삭신이 무너내린 그 늙은 에미가, 몇 달 새 말라버린 눈물이 다시 터진 것은 대웅전 앞에 핀 불두화를 보고 나서였다.

지금, 울밭에서 잎 푸른 채소를 가꾸는
어린 비구니들,
불두화 피었다.

윤중호는 1956년에 충북 영동에서 태어나 2004년에 병으로 세상을 떠났다. 〈불두화〉는 2005년에 나온 유시집 《고향 길 문학과지성 시인선 305》에 실렸다.

멀리 떠난 혈육을 그리는 마음은 늘 애틋하다.

과꽃 예쁜 꽃을 들여다보면
꽃 속에 누나 얼굴 떠오릅니다.
시집간 지 온 삼 년 소식이 없는
누나가 가을이면 더 생각나요.

어효선의 '과꽃'을 흥얼거리면, 누나가 없는 사람도 어릴 적 느꼈던
그리움이 가슴에 새삼 스밀 터이다.

북한이 예정된 이산가족 상봉을 또 막았다. 원래 사악한 정권이지

만, '어찌 이리도 사악한가' 탄식이 나온다.

흩어진 혈육들이 만나는 일은 하루가 급하다. 가슴속 안타까움과 그리움이 크기도 하려니와, 세월이 지나면, 아예 만날 수 없게 된다. 이미 부모와 자식이 상봉하는 경우보다 숙질이나 사촌이 만나는 경우가 많아졌다. 어쩌다 '굳세어라 금순아'를 듣게 되면, 흥남 부두에서 헤어진 그 처녀가 이젠 칠십 대 중반의 노인이 되었으리라는 생각에 가슴이 문득 막막해진다.

동백꽃은
훗시집간 순아누님이
매양 보며 울던 꽃

눈 녹은 양지 쪽에 피어
집에 온 누님을 울리던 꽃.

홍치마에 지던
하늘 비친 눈물도
가녈피고 씁쓸하던 누님의 한숨도
오늘토록 나는 몰라…

울어야던 누님도 누님을 울리던 동백꽃도

나는 몰라

오늘토록 나는 몰라…

지금은 하이얀 촉루가 된

누님이 매양 보며 울던 꽃

빨간 동백꽃.

    끝내 만나지 못하고 슬픔만을 지니고 살아야 할 사람들이 이번 일로 늘어났으리라는 생각은 반세기 전에 씌어진 이수복李壽福의 〈동백꽃〉에 새로운 뜻을 담는다.

'IMF 체제'를 맞은 지 돌이 된 지금, 한 해 저쪽의 세월은 아득한 옛날이다. 외침이나 천재지변이 있었던 것도 아니지만, 우리 삶은 근본적으로 바뀌었다. 그래서 위기가 닥치기 전의 생각이나 약속은 어쩐지 현실에서 떨어져 겉돈다는 느낌을 준다.

얼마 전에 병든 몸으로 시집을 낸 이형기李亨基씨의 삶과 글은 그런 사정을 또렷이 드러내준다.

누구나 한번은 가는 길이라 하지 말라.
갓 마흔밖에 안된 나이엔
그렇게 함부로 가는 길이 아니다.

때마침 장마철 울먹이는 하늘

너를 기다리는 친구들의 모임

주인 잃은 서재의 덩그런 불빛이

모두 너를 원망했다.

하기야 우리는 코리언 타임

넉넉잡고 한시간만 더 기다려 볼걸

이젠 후회해도 소용없는

여름밤 개구리만 울어대고 있다.

흙에서 옥을 캐내지 않나

옥을 도리어 흙에 묻고 온

내가 분명 눈이 멀었지

너를 데려간 명부冥府의 사자死者처럼

눈먼 사내.

캄캄하다, 도와다오 친구여.

서울의 시인詩人들이

부산釜山 최계락崔啓洛의 소식을 물으면 어쩔거나

그 한마디라도 가르쳐다오.

시집 《돌베개의 시1971》에 실린 〈곡최계락哭崔啓洛〉은 시우詩友의 요절을 슬퍼한 시다. 올해 나온 시집 《절벽》엔 역시 시우였던 박재삼朴在森의 죽음을 슬퍼한 〈이름 한번 불러보자 박재삼〉이 실렸다.

아무리 먹어도 배부르지 않던 시

그것이 이제는

먹지 않아도 배부른 황금빛 종소리

또는 바람의 장미꽃이 되어

너의 무덤 위에 찬란하고나

이름 한번 불러보자

아아 박재삼!

벗의 죽음을 다루었지만, 두 시들은 상당히 다르다. 전자는 죽음을 자신과는 별 관계가 없는 일로 여긴 장년의 글이다. 그래서 시인의 호곡號哭은 죽은 친구에게 던진 사소한 물음으로 끝난다. 후자는 죽음을 받아들인 노년의 마음에서 나왔다. 그 마음에서 우러난 "이름 한번 불러보자 / 아아 박재삼!"이란 핍진한 구절이 우리 가슴을 후려친다.

그 두 시가 그렇게 다른 것은 그것들 사이에 시인이 뇌졸중으로 쓰러져 자신의 죽음과 마주했었다는 경험이 자리잡았기 때문이다. 우리 사회가 위기를 겪은 것처럼, 시인도 위기를 겪었고, 위기로 우리의 생각과 태도가 많이 달라진 것처럼, 시인의 목청도 많이 바뀌었다.

그러나 〈이름 한번 불러보자 박재삼〉의 성취가 대가 없이 얻어진 것은 아니다. 〈곡최계락〉은 낭랑하다. 〈이름 한번 불러보자 박재삼〉은 낭랑함을 많이 잃었다. 그래서 시인이 이제 할 일은 어려운 투병 과정에서 잃은 운율을 되찾는 일이라 할 수 있다. 깊은 진실이 낭랑한 운율 속에 담길 때, 비로소 빼어난 시가 나온다.

이것은 바로 우리 모두에게 해당되는 얘기다. 어려운 경제 여건 속에서 모두 여유를 잃어서, 우리의 삶은 물기가 너무 없어졌다. 이젠 삶에 최소한의 여유를 주어 너무 메마르지 않도록 할 때가 됐다.

물론 쉬운 일은 아니다. 벼랑으로 몰린 사람들에겐 사치로 들릴 터이다. 그러나 경제 지표가 나빠진 것보다 소비가 몇 곱절 줄어들었다는 사실이 말해주는 것처럼, 지금 우리는 너무 움츠러들었다.

고개 숙여 험한 길을 살피면서도, 우리는 때로 고개 들어 높은 곳도 살펴야 한다. 아직 너르게 비어 있는 하늘 속으로 봉우리들이 솟았고 그 위에 별들이 빛나고 있음을, 그리고 사람 사는 곳마다 꿈과 이상이 있음을, 우리는 가끔 스스로에게 일러야 한다. 고맙게도, 그 사실을 몸을 제대로 쓰지 못하는 노 시인이 시집 첫머리 〈절벽〉에서 청청한 목소리로 일깨워준다.

아무도 가까이 오지 말라

높게

날카롭게

완강하게 버텨 서 있는 것

아스라한 그 정수리에선

몸을 던질밖에 다른 길이 없는

냉혹함으로

거기 그렇게 고립해 있고나

아아 절벽!

하산을 위한 준비

전직 국회의원들이 처지가 어렵다고 며칠 전에 신문에 보도되었다. '국회의원이 되려면, 논두렁 정기라도 받고 태어나야 한다'는 속설이 잘 말해주는 것처럼, 국회의원들은 우리 사회에서 가장 크게 성공한 집단이다. 그래서 그 기사는 상당히 충격적이었고 화제가 되었다. 그것은 실은 사람들이 일하는 나이를 지나면 궁핍하게 된다는 일반적 사정을 반영한다. 그런 사정에서 예외인 사람들은 드물다. 실제로 전직 국회의원들은 평균보다 훨씬 유복하다고 그 기사는 지적했다.

그러면 우리는 가파른 비탈을 내려가야 할 때에 어떻게 대처해야 하는가? 높은 봉우리에 오르는 것은 무척 힘들지만, 그 봉우리에서 무사히 내려오는 일도 그렇다. 심리적으로는 더욱 그렇다. 젊은 시절에

목표들을 하나씩 이루어갈 때는 생각지 못했던 심리적 위축을 사람은
늙어가면서 겪게 된다. 봉우리에서 화려하게 펼쳤던 경력을 마감하고
망각과 무시의 황야로 쓸쓸히 내려가는 일은 누구에게나 힘들다. 경력
이 화려할수록, 하산은 힘들다. 정치 지도자들이 권력을 놓기를 그리
도 싫어하고 두려워하는 까닭이 바로 거기 있다.

프로스트 Robert Frost 는 이 문제를 정색하고 응시한 시인이다.

화려한 배역을 맡았던 어떤 기억도
뒷날의 무시를 보상하거나
끝이 힘든 것을 막지 못한다.

돈으로 산 우정을 옆에 거느리고
위엄있게 내려가는 것이 낫다
아예 없는 것보다는. 준비하라, 준비하라.

No memory of having starred
Atones for later disregard,
Or keeps the end from being hard.

Better to go down dignified
With boughten friendship at your side

Than none at all. Provide, Provide.

위의 시구는 일곱 연으로 이루어진 〈준비하라, 준비하라Provide, Provide〉의 마지막 두 연이다. 모든 시들은 낭송해야 제 맛이 난다. 이 시는 특히 그렇다. 프로스트는 운율을 중시하는 전통적 작시법에 따라 시를 썼으므로, 낭송하지 않으면, 그의 시의 참맛을 감상할 수 없다. 이 시구를 그대로 프로스트의 얘기로 받아들일 독자는 드물 것이다. 시 전체로 보면, 분명히 그는 '짐짓 진지한mock-serious' 것처럼 얘기했다.

그래도 프로스트의 얘기는, 적어도 인용된 두 연만을 놓고서는, 진지한 얘기로 읽을 수도 있다. 그렇다, 돈으로 권력으로 또는 세속적 처세술로 산 우정을 옆에 거느리고 위엄 있게 봉우리에서 내려가는 것이 낫다, 아예 없는 것보다는. 사뭇 낫다. 실제로 사람들은 모두 그렇게 믿는다. 정년 퇴임식을 초라하지 않게 치르려고 노심초사하는 사람들이 그것을 웅변보다 더 설득력 있게 말해준다.

그러면 위엄이 전부인가? 거의 모든 이들이 선뜻 대답할 것이다, '물론 아니다'라고. 외양이 아무리 중요하다 하더라도, 자신의 삶이 알차고 가치가 있었다는 판단은, 외양보다 중요하지 않다면, 적어도 그것만큼 중요하다. 정년 퇴임식이 아무리 화려하더라도, 위선적으로 산 사람이라면, 자신이 평생 이룬 것이 별로 없다는 내면의 목소리를 어떻게 그것이 누를 수 있겠는가?

나는 누구와도 다투지 않았다; 누구도 내가 다툴 만한 가치가 없었으므로;

자연을 나는 사랑했다, 그리고 자연 다음엔 예술을;

나는 삶의 불에 두 손을 쬐었다;

그 불이 이제 사그라진다, 그리고 나는 떠날 준비가 되어 있다.

I strove with none; for none was worth my strife;

Nature I loved, and, next to Nature, Art;

I warmed both hands before the fire of life;

It sinks, and I am ready to depart.

랜도Walter Savage Landor의 시구에 담긴 차분한 성취감은 모두가 간절히 바랄 것이다. 랜도는 1775년에 태어나 1864년에 죽은 영국 시인이자 수필가였다. 그는 영국 문학사에서 큰 자리를 차지하는 사람은 아니다. 그러나 그는 다른 사람들에게 금전적으로 너그럽고 자신의 믿음을 실천하려 애쓴 사람이었다. 그런 성격 때문에 가족과도 소원해졌고 밀년에는 불우했지만, 그런 마음에서 나온 글들은 담백한 아름다움을 지녀서 훌륭한 문인들이 높이 평가했다. 그래서 〈나는 누구와도 다투지 않았다I Strove with None〉에 담긴 감정이 진솔하다고 선뜻 인정할 수 있다.

그러나 랜도처럼 자연과 예술을 사랑한 자신의 삶에 대한 차분한 자부심으로 다가오는 죽음을 담담하게 바라볼 수 있는 사람들은 많지 않다. 보다 세속적인 일들을 추구한 사람들에게는 드물지 않게 씁쓸한 종말이 기다린다.

> 만일 내가 나의 왕을 위해 쏟은 열정의 반만이라도
> 나의 신을 위해 썼다면, 신은 나를 이 나이에 벌거벗겨
> 내 적들에게 넘기지 않았으리라.

> Had I but served my God with half the zeal
> I served my King, he would not in mine age
> Have left me naked to mine enemies.

〈헨리 8세Henry VIII〉에 나오는 이 절절한 토로는 울지Thomas Wolsey 추기경이 자신이 평생 봉사했던 헨리 8세에게 버림받고 죽어가면서 한 말이다. 15세기 초엽에 헨리 8세를 도와 영국 절대왕정의 기틀을 세우는 데 크게 공헌한 울지는 오랫동안 거의 절대적 권력을 누렸었다. 그 과정에서 그는 세속의 일에 깊숙이 간여한 성직자가 만날 수밖에 없는 곤혹스러운 처지로 몰렸고, 그는 서슴지 않고 세속의 이익을 선택했었다.

울지 추기경이 실제로 한 말은 "만일 내가 왕에게 봉사한 것처럼 열심히 신에게 봉사했다면, 신은 머리가 허옇게 센 나를 버리지 않았을

것이다"였다. 평범한 얘기를 잊을 수 없는 시구로 만든 셰익스피어의 솜씨를 엿볼 수 있다.

자주 인용되는 이 시구에서 우리는 교훈을 얻어낼 수 있다: 사람은 세속의 권위가 아니라 자신의 진정한 신을 좇아야 한다. 그러나 자신의 진정한 신을 우리는 어디서 찾아야 하는가? 울지 추기경에게는 신은 물론 천주교의 신이었다. 그에게 그것만큼은 확실했다. 그러나 우리처럼 하루하루 힘들게 살아가는 세속의 필부필부에게 진정한 신은 무엇인가? 어디서 찾을 수 있는가? 그것은 우리가 늘 진지하게 성찰해야 할 화두다.

품위를 지니고 **마감하는 삶**

과학과 기술이 발전하면서, 우리 삶의 모습은 마음이 어지러울 만큼 빠르게 바뀐다. 자연히, 예상치 못했던 사회적 문제들이 나와서 우리를 곤혹스럽게 한다. 그런 문제들에 대해선, 의지할 선례들도 적고 관련된 도덕적. 법적 규범도 제대로 마련되지 않아서, 합리적 판단과 대응이 무척 힘들다.

이런 현상은 생물학과 의료 기술에서 특히 두드러진다. 현재 생물학은 생명과 우리 몸을 보다 깊이 이해할 수 있는 수준에 이르렀다. 그러나 그런 이해는 아직 병들과 노화로부터 우리 몸을 지켜줄 만한 의료 기술로 구체화되지 못했다. 그래서 목숨을 가까스로 연장시킬 수는 있지만 건강을 돌려주지는 못하는 의료 기술들이 많이 쓰인다.

이런 사정은 한 세대 전에는 볼 수 없던 독특한 풍경을 낳았다. 안락사에 관한 논란은 그런 풍경의 한 부분이다. 며칠 전엔 인공호흡기로 연명하는 어머니의 치료를 병원이 중단해야 한다고 자식들이 법원에 가처분 신청을 했다. 그들은 어머니가 품위를 지니고 삶을 마감하기를 원했다고 설명했다.

지금 우리 법은 이 문제에 대해 아주 엄격해서, 소생할 가능성이 조금이라도 있는 환자의 인공호흡을 중단하는 것을 살인이나 살인방조로 규정한다. 의사가 소생 가능성이 없다고 판단하고 가족이 그런 판단을 따르더라도, 법을 어길 가능성이 크다. 실제로 1997년엔 법원이 의사의 판단을 잘못되었다고 판정하고 가족과 의사를 처벌했다.

품위를 지닌 채 삶을 마감하는 것은 모두가 절실히 바라는 바다. 혼수 상태에서 기계에 의존해 겨우 죽지 않은 상태로 남는 것은 말할 것도 없고, 의식은 있어도 몸을 제대로 가눌 수 없거나 고통이 너무 큰 경우에도, 사람들은 삶을 편히 끝내고 싶어한다. 안락사를 바라는 사람들이 워낙 많으므로, 미국과 유럽에선 '의사의 도움을 받는 자살doctor-assisted suicide'을 제도적으로 보장하려는 움직임이 일었다.

우리 사회의 구성 원리인 자유주의에 따르면, 개인들의 그런 판단을 막는 것은 옳지 못하다. 개인이 자신의 삶을 어떻게 꾸려나가느냐 하는 것은, 도덕과 법에 어긋나지 않는 한, 온전히 그의 몫이다. 다른 사람들이 개인의 판단에 간섭할 논거는 아주 약하다.

안락사를 반대하는 사람들은 으레 '생명의 존엄성'을 내세운다. 그 럴 듯하게 들리지만, 안락사가 생명의 존엄성을 해친다는 주장은 근거 가 없다. 생물적 활동들은 개인을 단위로 이루어지므로, 개인이 본질 적 단위다. 의식을 잃고 기계에 의존해 죽음을 겨우 막아내는 개인은 온전한 개인이 못 된다. 그런 처지에 놓인 사람이 품위를 지니고 삶을 마감하겠다는 욕망 어디에 생명의 존엄성을 해치는 뜻이 담겼는가?

말기 병을 앓는 환자들이 치료비를 줄이기 위해 일찍 자살하라는 압력을 가족으로부터 받을 가능성도 제기된다. 이것은 정당한 걱정 이지만, 환자가 어떤 시점에서 생명 연장을 중단하기를 바라는지 밝 히는 '생명 유언living will'이 관행으로 자리잡는다면, 오용은 많이 줄어 들 것이다.

안락사는 사회적으로도 바람직하다. 노인들의 의료 비용은 죽기 몇 주일 동안 생명을 억지로 연장하는 데 대부분 들어간다. 그런 비용은 투자 가치가 높다고 보기 어렵다. 그리고 그런 비용은 대체로 큰 병원 들의 수입이 되므로, 남은 가족의 소득을 큰 병원에서 일하는 의사들 을 비롯한 종업원들에게로 이전한다. 의사와 같은 병원 종업원들이 소 득이 평균보다 훨씬 높으므로, 그런 소득 이전은 정당화되기 어렵다.

　한 세대 전 서양에서 안락사가 중요한 사회적 논점이 되었을 때, '품위를 지닌 죽음dignified death'을 다른 과학소설 작품들이 많이 나왔다. 그때 주목을 받은 작품 하나는 살 만큼 산 사람이 가깝게 지낸 사람들을 불러 잔치를 연 다음 그들과 작별하고서 혼자 안락하게 죽음을 맞는 모습을 그렸다. 아마도 그리 멀지 않은 미래에 그렇게 여유를 갖고 품위를 잃지 않은 채 삶을 마감하는 세상이 올 것이다.

　그런 세상을 떠올리면, 목월의 넉넉한 시 〈난蘭〉이 저절로 떠오른다.

이 쯤에서 그만 하직下直하고 싶다.
좀 여유餘裕가 있는 지금, 양손을 들고,
남어지 허락許諾 받은 것을 돌려 보냈으면.
여유餘裕 있는 하직下直은
얼마나 아름다우랴.
한 포기 난蘭을 기르듯,
애석哀惜하게 버린 것에서
조용히 살아나고,
가지를 뻗고,
그리고 그 섭섭한 뜻이
스스로 꽃망울을 이루어
아아
먼 곳에서 그윽히 향기를

먹음고 싶다.

다른 일들에서와 마찬가지로, 삶을 마감하는 일에서 선택의 폭이 늘
어나는 것은 개인들의 복지를 늘리고 사회를 발전시킨다. 좀 여유가
있을 때 허락 받은 것을 돌려보내고 싶은 사람들이 그렇게 할 수 있도
록 하는 것은 분명히 우리 삶을 낫게 할 것이다.

예술로서의 직업

남의 애기를 잘 듣는 일이 중요하다는 것은 모두 잘 안다. 그러나 실제로 남의 애기를 잘 듣는 사람들은 드물다.

남의 애기를 잘 들으려면, 남의 삶에 공감할 만큼 따뜻한 가슴이 필요하다. 그리고 그 가슴 어느 구석에 남의 애기를 받아들일 수 있을 만큼 빈 곳이 있어야 한다. 각박한 현대사회에서 이런 조건을 갖추기는 어렵다. 그래서 모두 남의 애기는 들으려 하지 않고 제 애기만 한다.

며칠 전에 서거한 미국 저술가 스터즈 터켈Louis Studs Terkel은 남의 애기를 아주 잘 들은 사람이었다. 실은 남의 애기를 듣는 것이 그의 직업이었다. 따뜻한 가슴과 남의 애기를 받아들일 곳을 지닌 그에게 사람들은 자신의 삶에 대해 솔직히 얘기했다.

　1972년에 나온 그의 《일하기Working》엔 사람들이 자신의 일에 대해 품은 생각들이 담겼다. 갖가지 직업들에 종사하는 사람들이 꾸밈없이 들려준 얘기들은 많은 사람들의 직업에 관한 선입견을 깨뜨렸다.

　그 책에 얘기가 나온 덕분에 널리 알려진 사람들도 있다. 당시 한 식당에서 23년째 일하던 웨이트리스 돌로레스 단테Dolores Dante는 대표적이다. 그녀는 돈이 급해서 그 일을 시작했다. 남편과 이혼하니, 남은 것은 빚과 세 아이였고, 그녀는 팁이 괜찮은 그 일을 골랐다.

　"어떤 웨이트리스들은 상관하지 않아요. 접시를 내려놓으면, 그 소리가 들려요. 나는 그 소리를 내지 않으려고 해요. 나는 봉사할 때 내 손들이 옳은 동작을 하기를 원해요. 잔을 집어 들면, 딱 옳은 동작이 되기를 바라는 거죠… 웨이트리스가 되는 것, 그것은 예술이에요."

　웨이트리스는 팁으로 살아간다. 그래서 흔히 모욕적인 상황을 견뎌야 한다. 그런 직업을 예술이라고 선언하는 돌로레스의 모습은 우리 가슴을 깊이 휘젓는다. 그녀의 얘기보다 직업의 뜻을 잘 드러낸 말은 드물다. 아무리 하찮은 직업이라도, 열심히 일하는 사람에겐 예술인 것이다.

물론 예술은 힘들다. 그래서 모든 직업은 힘들다, 제대로 일하려는 사람들에겐. 터켈에게 웨이트리스가 얼마나 힘든 직업인가 설명하다가, 돌로레스는 조용히 흐느꼈다.

"밤일이 끝나면, 힘이 다 빠진 듯해요. 나는 많은 웨이트리스들이 바로 그것 때문에 알코올 중독자가 된다고 봐요. 대부분의 경우, 웨이터나 웨이트리스는 먹지 않아요. 그들은 음식을 다루기 때문에, 먹을 시간이 없어요. 주방에서 무엇을 조금, 빵 한 조각 같은 것을, 집어 먹죠."

그러나 그녀는 이내 덧붙였다, "다음날 아침은 다시 즐겁죠." 그녀는 손님을 맞을 준비를 완벽하게 하려고 늘 일찍 출근했다.

미국의 시인 칼 샌드버그Carl Sandburg는 힘든 일을 하는 사람들을 기리는 시들을 많이 썼다. 스웨덴에서 이주해온 부모에게서 태어나 일찍부터 막일을 해온 터라, 그는 미국 중서부에서 힘들게 일하는 사람들의 삶에 대해 잘 알았다. 〈동 트기 전에 일하러 나가는 사람들의 찬사 Psalm of Those Who Go Forth Before Daylight〉는 대표적이다.

순경은 구두를 천천히 조심스럽게 산다; 화물차 운전수는 장갑을 천천히 조심스럽게 산다; 그들은 그들의 발과 손을 간수한다; 그들은 그들의 발과 손으로 먹고 산다.

우유 배달부는 다투는 적이 없다; 그는 혼자 일하고 아무도 그에게 말을 걸지 않는다; 그가 일할 때 도시는 잠잔다; 그는 육백 개의 현관들에 병을 놓고서 하루 일을 끝낸다; 그는 이백 개의 목조 계단들을 오른다; 그에겐 말 두 마리가 동료다; 그는 다투는 적이 없다.

압연공장 인부들과 강판 인부들은 재의 형제들이다; 하루 일이 끝나면, 그들은 구두에서 재를 털어낸다; 그들은 아내들에게 바지 무릎의 불에 탄 구멍들을 기워달라고 한다; 그들의 목과 귀는 매연으로 덮인다; 그들은 목과 귀를 씻는다; 그들은 재의 형제들이다.

The policeman buys shoes slow and careful; the teamster buys gloves slow and careful; they take care of their feet and hands; they live on their feet and hands.

The milkman never argues; he works alone and no one speaks to him; the city is asleep when he is on the job; he puts a bottle on sic hundred porches and calls it a day's work; he climbs two hundred wooden stairways; two horses are company for him; he never argues.

The rolling-mill men and the sheet-steel men are brothers of cin-
ders; they empty cinders out of their shoes after the day's work;
they ask their wives to fix burnt holes in the knees of their trou-
sers; their necks and ears are covered with a smut; they scour
their necks and ears; they are brothers of cinders.

〈일하기〉가 나온 뒤, 한 사내가 시카고의 다리를 건너던 터켈을 불
러세웠다. 그리고 자신은 돌로레스의 얘기를 읽고서 앞으로는 웨이트
리스에게 거칠게 대하지 않기로 마음 먹었노라고 말했다. 그것이 예
술의 힘이다. 비록 아무도 높이 여기지 않는 직업에서 나온 예술이긴
하지만.

직업의식professionalism을 지닌 사람에겐 어떤 직업도 예술이 될 수 있
다. 불황이 점점 깊어지고 좋은 일자리들은 점점 줄어드는 지금, 그녀
얘기는 우리가 새삼 새길 만하다.

화폭 속의 봄날 : 목월의 〈산도화〉 시편

전화를 받다 보면, 눈길이 앞 벽에 걸린 작은 그림에 머문다. 장인께서 남기신 소품인데, 꽃이 활짝 핀 살구나무들을 담았다.

어디 멀리 나가서 봄날의 화사한 풍경을 즐기고 싶은 마음이 스민다. 살구꽃은 흐드러지게 피었다 싶더니 이내 졌고, 이제 복사꽃이 한창이다. 내 고향 내포 시방에 같이 다녀오자고 안식구에게 제안해놓고도 바쁘다고 미룬 지 달포다. 목월木月의 시구가 샘물처럼 조용히 솟는다.

산山은
구강산九江山

보라빛 석산石山

산도화山桃花

두어송이

송이 버는데

봄눈 녹아 흐르는

옥玉같은

물에

사슴이

내려 와

발을 씻는다.

단기 4288년 12월에 '정가 400환'을 달고 나온 목월의 첫 시집《산
도화山桃花》에 수록된 〈산도화〉 세 편 가운데 첫 편이다. 단기 4291년
에 나온 목월의 자작시 해설에서 〈보라빛 소묘〉에는 마지막 연이 "사
슴은/ 암사슴/ 발을 씻네"로 나와 있다. 어쨌든, 세월이 흐르고 사조와
미적 감각이 많이 바뀌었어도, 여전히 애송되는 시들 가운데 하나다.

〈산도화〉 시편은 청전靑田 이상범李象範 선생의 산수화에서 영감을 얻
었다. 마지막 편에서 그 점이 밝혀진다.

청석(靑石)에 어리는
찬물소리

반(半)은 눈이 녹은
산(山)마을의 새소리
청전(靑田) 산수도(山水圖)에
삼월(三月) 한나절

산도화(山桃花)
두어 송이

늠름한
품(品)을

산(山)이 환하게
티어뵈는데

한머리 아롱진
운시(韻詩) 한구(句).

화폭 속의 봄은 늘 새롭다. 흐드러지게 핀 꽃들도 흔히 무심하게 넘기는데, 화폭 속의 풍경은 묘하게 늘 아련한 그리움을 불러낸다. 이름

없는 화가였던 장인의 화폭을 새삼스러운 눈길로 살피면서, 왜 그런
가 잠시 생각해본다.

혼자 말 타고 오두막 문을 두드렸더니
소녀가 나를 위해 꽃가지 하나를 남겼네.
소녀는 말하지 않고 꽃은 말이 없느니
영웅의 마음이 실처럼 어지럽구나.

孤鞍衝雨叩茅茨
少女爲遺花一枝
少女不言花不語
英雄心緒亂如絲

일본의 유명한 한시 〈타다 도우깡이 도롱이를 빌리는 그림太田道灌借
簑圖〉이다. 19세기 전반에 나왔는데, 누가 지은 시인지 확실하지 않다.
"소녀는 말하지 않고 꽃은 말이 없네"라는 셋째 구가 특히 유명하다.

노벨 문학상을 받은 위대한 소설가 가와바타 야스나리川端康成이
1972년에 자살했을 때, 그가 시중 들던 처녀를 연모하게 되었는데 그
녀가 그의 연정을 받아들이지 않은 것이 자살의 한 요인이었으리라는
추측이 나돌았다. 임종의 자리에서 그가 남긴 글이 바로 "少女不言花
不語"였다는 얘기를 읽은 기억이 있다. 말 탄 사내와 시골 처녀의 만남

은 현실에서는 평범한 장면이지만, 한번 화폭에 담기면, 문득 깊은 뜻
을 담고 보는 이에게 다가온다.

　주말이면 어디 나가야 한다는 것이 모두에게 강박관념이 된 세상인
데, 비가 오락가락하면서 황사까지 겹쳤다. 그래도 평생을 시골 학교
미술 교사로 보낸 무명 화가가 몇십 년 전에 가벼운 필치로 담아낸 봄
날은 여전히 산뜻하다. 〈산도화〉 둘째 편을 혼자 뇌어본다.

석산石山에는
보라빛 은은한 기운이 돌고

조용한
진종일盡終日.

그런날에
산도화山桃花

산마을에
물소리
지저귀는 새소리 묏새소리
산록山麓을 내려가면 잦아지는데

삼월三月을 건너가는

햇살아씨.

새해에 불러들이고 싶은 것들

한 해가 저문다. 원래 세모엔 털어내고 싶은 것들이 많지만, 올해는
바람에 훌쩍 날려보내고 싶은 것들이 유난히 많다. 그래서 이맘때면
뇌이게 되는 테니슨Alfred Tennyson의 시구가 새롭게 다가온다.

울려나가라, 거친 종소리들이여, 거친 하늘로
흘러가는 구름으로, 서리 기운 어린 밤으로:
한 해가 이 밤에 죽어간다;
울려나가라, 거친 종소리들이여, 그리고 그가 죽게 하라.

Ring out, wild bells, to the wild sky,
The flying cloud, the frosty night:

The year is dying in the night;

  Ring out, wild bells, and let him die.

친구의 죽음을 애도한 장시 〈추도In Memoriam〉의 이 유명한 구절을 뇌이면서, 저무는 해와 함께 털어내고 싶은 것들을 생각해본다. 물론 많지만, 당장 털어내고 싶은 것은 너무 비속하고 거칠어서 사람의 가슴을 할퀴는 말씨다.

말씨가 거친 근본적 까닭은 사람이 다른 사람들과 대화하기보다는 자기가 하고 싶은 말을 일방적으로 하는 데 있다. 사람들과 대화하려는 마음보다는 논쟁에서 이기고 싶어하는 승벽이 세면, 말씨가 거칠 수밖에 없다. 논쟁에서 이기는 것은 때로 중요하다. 정치처럼 논쟁에서의 승리가 필수적인 직업들도 있다. 그러나 늘 얘기를 논쟁적으로 이끌고 이기려 하는 것은 현명하다 할 수 없다. 실은 논쟁적인 자리도 대화의 자리로 만들어야 한다.

논쟁은 사람들을 설득하는 여러 수단들 가운데 하나일 따름이다. 그 사실을 놓쳐 그저 이기려고 애쓰면, 말씨가 어쩔 수 없이 거칠어지고 거친 말씨는 사람들의 마음을 닫게 만든다. 닫힌 마음을 설득할 수는 없으니, 뜻을 받아들이는 사람들이 적게 된다.

영국 철학자 포퍼Karl popper가 얘기한 대로, 우리는 언어를 '자기 표현'이 아니라 '대화'를 위해 쓰려고 애써야 한다. 사회를 이루어 사는 사람들에게 중요한 것은 자신들의 감정과 뜻을 일방적으로 나타내는 것이 아니라 다른 사람들과 얘기함으로써 서로를 이해하는 것이다. 그런 이해에 바탕을 두어야, 학자들이 언어의 원래 목적이었다고 여기는 설득이 비로소 가능하다.

그래서 무엇보다도 새해엔 종소리와 함께 새로운 말씨를 불러들이고 싶다.

지위와 혈통에 대한 거짓 자존,
공적 중상과 앙심을 울려 보내라;
진실과 정의에 대한 사랑을 불러들여라,
선에 대한 공통된 사랑을 불러들여라.

Ring out false pride in place and blood,
The civic slander and the spite;
Ring in the love of truth and right,
Ring in the common love of good.

● 찾아보기

ㄱ

김광규 〈묘비명〉 93

김광균 〈추일서정〉 55

김광섭 〈심부름 가는…〉 23

김동환 〈송화강 뱃노래〉 147

김소월 〈부모〉 107

김소월 〈왕십리〉 158

김수영 〈봄밤〉 80

김춘수 〈꽃〉 101

김형영 〈가을 하늘〉 79

ㄴ

노천명 〈옥수수〉 20

노천명 〈이름 없는 여인이 되어〉 22

ㄹ

랜도Walter Savage Landor 〈나는 누구와도 다투지 않았다I Strove with None〉 177

로버트 헤이든Robert Hayden 〈그 겨울 일요일들Those Winter Sundays〉 108

ㅁ

마종기 〈묘지에서〉 73

맹교孟郊 〈떠도는 아들의 노래遊子吟〉 106

모윤숙 〈국군은 죽어서 말한다〉 48

ㅂ

박목월 〈귀밑 사마귀〉 44

박목월 〈난〉 184

박목월 〈신도화 1〉 193

박목월 〈산도화 2〉 197

박목월 〈산도화 3〉 195

박목월 〈윤사월〉 39

박목월 〈청노루〉 40

박성룡 〈과목〉 118

박성룡 〈처서기〉 117

박이문 〈더 푸른 무덤의 잔디〉 72

변영노 〈논개〉 138

복거일 〈마법성의 수호자, 나의 끼끗한 들깨〉 85

ㅅ

서정주 〈선운사 동구〉 99

서정주 〈연꽃 만나고 가는 바람같이〉 102

시마자키 토오손島崎藤村 〈첫사랑初戀〉 56

ㅇ

앙드레 쉬바르츠-바르트Andre Schwar-Bart 〈정의로운 사람들의 마지막 사람Le Derniere des Justes〉 140

에드몽 아로쿠르Edmond Haraucourt 〈작별의 시Rondel de l'Adieu〉 75

왕발王勃 〈촉 땅에서 맞은 구일蜀中九日〉 142

왕지환王之渙 〈양주의 노래涼州詞〉 130

윌리엄 워즈워스Whilliam Wordsworth 〈서정 시집lyrical Ballads〉 5

육유陸游 〈검문으로 가는 길에서 가랑비를 만나劍門道中遇微雨〉 94

육유陸游 〈심씨의 정원沈園〉 31

윤동주 〈쉽게 씌어진 시〉 94

윤중호 〈불두화 - 운문사에서〉 161

이상은李商隱 〈비 오는 밤에 북녘 아내에게 보냄夜雨寄北〉 160

이수복 〈동백꽃〉 165

이시카와 타쿠보쿠石川啄木 〈우스개 삼아〉 105

이용악 〈오랑캐꽃〉 35

이육사 〈절정〉 132

이철균 〈감꽃〉 29

이형기 〈가을 변주곡〉 124

이형기 〈곡최계락〉 168

이형기 〈반딧불〉 122

이형기 〈이름 한번 불러보자 박재삼〉 170

이형기 〈절벽〉 171

임제 〈경성 판관에 부임하는 황경윤을 보내며送黃景潤爲鏡城判官〉 131

작자 미상 〈바람도 쉬여 넘난 고개〉 114

작자 미상 〈타다 도우깡이 도롱이를 빌리는 그림太田道灌借簑圖〉 196

정현종 〈견딜 수 없네〉 70

조지 버나드 쇼George Bernard Shaw 〈인간과 초인간Man and Superman〉 92

조지훈 〈고사古寺 1〉 43

조지훈 〈다부원에서〉 50

조지훈 〈바다가 보이는 언덕에 서면〉 154

조지훈 〈율객〉 43

ㅋ

칼 샌드버그Carl Sandburg 〈동 트기 전에 일하러 나가는 사람들의 찬가 Psalm of Those Who Go Forth Before Daylight〉 189

키츠John Keats 〈가을에 부치는 시Ode to Autumn〉 55

ㅌ

테니슨Alfred Tennyson 〈율리시즈 Ulysses〉 63

테니슨Alfred Tennyson 〈추도In Memoriam〉 58, 200

토머스 하디Thomas Hardy 〈내가 라이어네스로 떠났을 때When I Set Out for Lyonnesse〉 26

ㅍ

프로스트Robert Frost 〈준비하라, 준비하라Provide, Provide〉 175

ㅎ

혜정慧定 스님 〈빗소리 들리는 외로운 절의 가을雨聲孤寺秋〉 160

황동규 〈시월〉 86

황인숙 〈목소리의 무늬〉 146

황인숙 〈바람 부는 날이면〉 86

황인숙 〈새는 하늘을 자유롭게 풀어놓고〉 85

휘트먼Walt Whitman 〈열린 길의 노래Song of the Open Road〉 12